AF430019

Ook deur Franciska Mouton:

Hoefslag Van My Hart en ander verhale

Droomvanger

Sending: Woestynwolf

Duineprinses

Onwillige Skenker

Bloedrooi Papawers

Vir Altyd en 'n Dag

Skadu Oor Matlabas

Vulkaan van Passie

Spore in die Dou

Tulpe vir Twanette

FRANCISKA MOUTON

Outeur: Franciska Mouton
Voorbladontwerp: Ria Richards

Geset in Franklin Gothic 12pt

Uitgegee en gedruk deur

Malherbe Uitgewers

Hoofstuk 1

"Mevrou Greyling, is u heeltemal seker dat u, en u eggenoot, meneer Jaco Greyling, se huwelik sodanig verbrokkel het dat daar geen kans op herstel is nie?" Regter Roland de Vries laat sy bril sak tot op die punt van sy neus. Hy stoot sy vingers deur sy yl gryshare, weer kyk hy na die dokumente voor hom.

Simon Vermoten staan op, trek sy swart toga reg. "Ja, Edelagbare, mevrou Greyling sien geen versoening in hulle huwelik nie. Die huwelik is onherstelbaar verbrokkel."

"Goed. In die reg tot my toegesê, en in my hoedanigheid as regter van die Hooggeregshof, staan ek die aansoek om die huwelik te ontbind toe." Hy kap een keer met sy houthamertjie op die regbank, beëindig Saaknommer 1156. Greyling vs Greyling.

Twanette Greyling staar na die regter met géén begrip van wat so pas gebeur het nie. Die klank van die regter se houthamertjie dawer deur haar gedagte, deur haar ore en deur haar hart. Sy hoor hoe die bloed in haar ore dreun, haar hartklop versnel. Sy voel 'n lamheid deur haar ledemate trek. *Stop die saak, Twanette, jy kan nog! Maar wil jy regtig? Jy, alleen in die Kaap, Jaco iewers in Irak? Dit is hoekom jy hier staan, onthou jy nie? Maak jou keuse nou, Twanette! Oor twee minute is alles finaal, klaar, kaput, finito!* Sy skud haar kop asof sy dit wat swart oor haar toevou, wil uitskud, afskud...

"Mevrou Greyling? Ons is klaar, regter De Vries het u egskeiding toegestaan. Mevrou Greyling, hoor u my?" Simon Vermoten trek Twanette aan haar baadjie se mou. "Kom ons moet loop, die volgende saak is alreeds deur die hofordonnans aangekondig."

"Huh, hoe nou? Nee, hoe kan dit wees? Ek het dan niks gesê of gehoor nie." Twanette kyk met dowwe oë na haar prokureur. "Wat nou, meneer Vermoten? Wat staan my nou te doen?"

"Ons, dit is nou ek en jy, ry nou na my kantore. Daar is nog 'n paar dokumente wat jy moet teken. Daarna kan jy met jou nuwe lewe begin."

"'n Nuwe lewe, meneer Vermoten? Hoe de duiwel begin ek met 'n nuwe lewe?" Twanette voel hoe 'n bitter smaak in haar mond kom lê.

"Ry jy maar eers terug, meneer Vermoten, ek sal wel die dokumente kom teken. Ek sien net nie nou kans vir nog 'n sarsie marteling nie."

"Dan is dit goed so, u het my nommer. Maak net eers 'n afspraak, dan finaliseer ons die ander dokumente." Simon Vermoten kyk bekommerd na die verwese mens voor hom. "Dan sê ek maar vir eers totsiens tot later."

Verdwaas stap sy by die Hooggeregshof se groot deure uit. Haar hart bons wild in haar borskas. "Daar is ek ook nou deel van die egskeiding-statistieke. Twee jaar van getroude lewe met my droomprins. Nou is ons huwelik verby, en dit het skaars vyftien minute geneem. Net so vinnig soos jy kan sê: Jacky Johnson!"

Twanette storm die tientalle trappe af tot in die straat. Voetgangers loop by haar verby, sien nie die intense hartseer in haar grys oë nie, ook nie die trane wat oor haar wange stroom nie. Met drif stap sy oor die straat na waar haar motor geparkeer staan.

Met bewende hande soek sy na die motorsleutels in haar handsak, vee blonde haarstringe en trane uit haar gesig.

"Jaco het nie eers die moeite gedoen om ook hof toe te kom nie. Het ek dan so min vir hom beteken? Is soldaat wees in Irak, dan meer werd as 'n gelukkige huwelik?" Uit pure frustrasie gemeng met intense hartseer slaan sy met haar vuiste op haar motor se dak. Sy sien nie die verbaasde kyke van die mense op die sypaadjie nie.

Bewend asof sy innerlik gevries is, klim sy in haar sportmotor. Sy ry net 'n koers in, steur haar nie aan 'n motoris wat skril vir haar toet nie, sien ook nie die kwaai kyk van die bestuurder raak nie.

Later toe die son sy kop net net agter Tafelberg wil intrek, hou sy by 'n stil strandjie stil. Vir lank sit Twanette net doodstil. Woordeloos en amper ademloos staar sy na die golwe wat hulle te pletter slaan teen die rotse, dan skuimend opbreek, weer uitrol op die silwer geelsand.

Donker gedagtes kom slu en sonder waarskuwing in haar kop, gedagtes wat elke oomblik vir haar al hoe meer aanvaarbaar begin lyk en klink... *Dit is maklik,*

Twanette, stap net die see in. Jy hoef niks verder te doen nie, die see is 'n uitkomkans vir jou. Doen dit nou!

Soos iemand wat in 'n waas verkeer klim sy uit haar motor, sy skop haar skoene uit, strompel deur die sand na 'n paar rotse toe. "Hoe op dees aarde gaan ek die lewe sonder Jaco aanpak? My maat, my vertroueling?" Haar stem raak weg in die geklots van die branders teen die rotse, trane van berou en hartseer vloei oor haar wange, meng met die branders se sproei. Sy gaan sit op die hoogste rots, staar na die see wat nou sy hoogwaterbranders teen die rotse slaan.

Nie ver vanwaar Twanette op die rotse sit nie, stap 'n eensame figuur deur die vlak brandertjies. Die spore wat hy agterlaat, verdwyn gou weer wanneer die branders terugtrek, alles uitwis wat op die sand merke gelos het.

Hy buk, tel 'n klein geel skulpie op, spoel die sand uit in die lou brandertjies. Met groot belangstelling kyk hy na die skulpie. "Die een is baie raar." Sy stem raak weg in die geloei van die wind. "Ek wonder watter seestroom het hom in dié deel van die oseaan laat beland?" Uit sy rugsak haal hy 'n seilsakkie, versigtig knoop hy die sakkie oop, dan gooi hy die skulpie daarin. Trek weer die toutjies bymekaar en knoop dit stewig.

Met 'n sug en 'n verlatenheid in sy grysgroen oë, rol hy sy denimbroek se pype op tot onder sy knieë. Sy donkerblou windbreker trek hy uit; gooi dit eenkant op 'n droë kolletjie sand. Sy leersandale trek hy ook uit; sit dit langs die rugsak en baadjie neer.

Die son beur sy laaste strale plek-plek deur onweerswolke wat skielik uit die niet verskyn het. Op die kolletjie sand waar daar nog 'n sonstraaltjie rond hunker gaan hy sit. Stut homself met sy hande wat hy diep in die geelsand druk. Met 'n geoefende oog hou hy die see dop. Seemeeue sweef moeiteloos op die wind se rug, hulle kriskras verflou in die wind se geblaas.

Liam Reyneke kyk met belangstelling na die water wat nou nie meer turkooisblou is nie, maar 'n donkergrys kleur begin kry. Die branders word groter, meer brutaal, stoot hulleself met krag op die strand uit. "Hier is 'n storm aan die opsteek." Hy ken die see soos hy homself ken. Vir baie lank was hy deel van die see. Die see was sy tweede tuiste. Hy kyk op na die hemele, net om te sien hoe die laaste stukkie ronding van die donkeroranje son agter groot grys malende wolke sy kop wegtrek agter die berg.

Vinnig kom hy orent, word amper van balans af gegooi deur die wind wat nou briesend tier en blaas. Droë sand warrel rondom hom, maak dat hy sy oë toeknyp. "Sal maar iewers moet gaan skuiling soek." Hy skud die droë sand uit sy windbreker, gryp sy sandale en rugsak. Dan kies hy kop omlaag beurend teen die wind koers in na 'n paar verlate geboutjies aan die voet van 'n duin.

Sand wat teen sy gesig piets, laat sy oë op skrefies trek. Hy gewaar 'n figuurtjie wat met haar knieë oopgetrek op 'n hoë rots sit. Skynbaar heeltemal onbewus van wat om haar aangaan.

"Haai jy! Kom van daardie rotse af, dit is gevaarlik." Liam gooi sy rugsak en sandale neer, vinnig trek hy sy windbreker uit. Hy swaai sy arms heen en weer. "Verdomp, sy hoor nie 'n woord nie."

So vinnig moontlik, met die branders nou bokant sy knieë, baan hy sy weg deur die skuimende water na die rots waarop die vrou sit. Hy voel nie die skerp punte van kleiner rotse onder sy kaalvoete nie. Hy gryp haar aan haar arm. "Hoor jy nie, is jy verdomp doof? Wil jy jouself te pletter laat slaan deur die golwe?" Liam sien 'n reusebrander wat aangerol kom. Hy weet presies wat volgende gaan gebeur. Met krag wat hy iewers vandaan kry, pluk hy Twanette van die rots af.

Sy voel hoe haar maag 'n draai maak van skrik wanneer sy holderstebolder van die rots afgeruk word. Al wat deur haar gedagtes gaan op daardie oomblik, is die vreemdeling met toutjieshare wat nat teen sy baard vasklou, wat haar kop bo die water probeer hou.

Waar sy groot hand haar aan die bo-arm beet het, kan sy die krag daarin voel. "Los my! Wie gee jou die re...ggg!" Twanette sluk soutwater, voel hoe die vreemdeling met haar probeer uitswem. Dan kom 'n tweede golf, maal hulle onderstebo. Twanette hoor weer die stemmetjie: *Laat los, en vloei saam met die branders, moenie toegee aan sy reddingspoging nie. Jy weet nie wie hy is nie!*

"Hou op baklei teen my! Wil jy nou wragtig vandag versuip?" Liam voel hoe sy voete op sand begin trap, maar die terugtrek aksie van hoogwater is sterk, dwing hulle terug na die rotse toe. Met brute krag begin Liam watertrap, met Twanette aan die arm begin hy veld, of eerder water wen.

Ná wat soos 'n ewigheid gevoel het, lê altwee in die vlak branders wat skuimend teen hul moeë lywe vasspoel.

Liam sien hoe die vrou soutwater opbring. "Kom, probeer regop sit."

"Los my, óf ek skree!" Sy voel hoe histerie in haar reeds gepynigde siel wil ontplof. Twanette probeer haarself bevry van die greep waarmee die vreemdeling haar nog steeds aan die bo-arm beet het.

"Hou op spartel, Juffrou, ek probeer jou net help. Kyk na die see, hoogwater kom nou met 'n vors in. Ons moet wegkom, hoër op teen die duin waar die water nie kan bykom nie. Die rotse agter ons is al feitlik toe onder die water."

Dan gebeur die onverwagte... 'n Fratsbrander tref hulle met geweld, trek en sleep altwee met krag terug die see in. Twanette snak na haar asem wanneer die een na die ander golf oor hulle breek. Sy probeer haar kop bokant die water kry. Die sout van die see brand haar oë en longe. Nog 'n brander spoel oor hulle, rol hulle koponderstebo die gemaal in. Sy sluk water en stik. Dan sien sy hoe die vreemdeling met sterk hale na haar toe swem.

"Gryp my hand, ek sal jou help."

Sy woorde bring 'n bedaring in haar vreesgevulde liggaam. Twanette spartel om kop bo die malende water te hou, dan voel sy die stewige greep om haar lyf. Sy besef sy moet ophou spartel en haarself oorgee aan die vreemdeling se reddingspoging.

Wat soos 'n oneindigheid voel, sleep hy haar moeë liggaam en ook homself tot op die sand. Reën en wind kom in vlae op hulle neer. "Kom, gee my jou hand, teen daardie duin se voet is daar skuiling."

Na 'n paar minute druk Liam die lendelam deur agter hulle toe. "Dit sal darem die koue wind uithou. Wat op aarde het jou besiel om op daardie hoë rots te gaan sit? Het jy nie gesien die gety kom in nie? Die storms hier in die Kaap kan soos 'n oogwink opkom. Magtig, jy kon nou haaikos gewees het, en ek saam met jou!" Liam skrik vir die ergernis in sy stem. Hy haal twee maal diep asem. Dan voel hy hoe spanning uit hom begin vloei. Hy vee sy skouerlengte hare uit sy oë, vryf met altwee hande oor sy gesig en baard. "Kom sit hier teen die muur." Hy vat sy windbreker, hang dit om haar skouers.

Twanette kyk sku na Liam, sy hou hom wantrouig dop. Sy is nie seker hoe om hierdie situasie te hanteer nie. Tog gee die vreemdeling haar 'n soort kalmte, 'n kalmte wat haar geknakte siel stadig laat bedaar. Ook die seer van haar hart voel minder intens, óf dalk is dit net die koue Kaapse waters wat verligting gebring het.

Jy het nou opgemors, Twanette... Jy kon vrede in die dieptes gekry het. Sy skud haar kop om van die swart gedagte ontslae te raak. Waterdruppels uit haar lang blonde hare spat teen die rou sementmuur vas.

"Dankie vir jou baadjie, dit help baie."

"Plesier, Juffrou, en jy hoef nie vir my bang te wees nie, ek is nie 'n reeksmoordenaar met 'n byl in my gatsak nie!" Hy sien die skrik in haar grys oë, die seer trek om haar gevoelige mond.

Uit sy rugsak haal hy 'n skoon, maar verbleikte handdoek. "Dê, maak jou hare droog, nou-nou kry jy longontsteking."

Terwyl sy haar hare droogvryf, sien sy dat hy besig is om 'n paar stukkies droë hout wat in die hoek van die geboutjie lê, in 'n hopie te pak. Sy hou sy bewegings fyn dop, sien die mooi hande met netjiese kort naels.

Na 'n rukkie lek 'n vlammetjie aan die hout. "Jy gaan mos nou die geboutjie afbrand." Tog skuif Twanette nader, hou haar hande oor die vlammetjies wat nou lustig begin knetter.

"Skuif nog nader, sodat jou klere kan droog word. En nee, ek gaan nie die geboutjie afbrand nie, ek maak net hitte sodat ons kan droog word. Hoekom het jy daar op daardie gevaarlike rotse gesit?"

"Sommer, oor ek graag wou."

"Nou praat jy nonsens, ek het dieselfde hartseer in jou oë gesien wat ek self 'n lang tyd terug gehad het. Ek ken dit. Dit vreet jou heelhuids op, spoeg jou dan uit."

"Wil jy my vertel." Twanette hark met haar vingers deur haar hare. "Die vuur is lekker warm, my hare is amper droog."

"Nee, ek wil nie daaroor praat nie, ek is bang die roof kom weer af. Maar jy kan my vertel wat jou besiel het om daar bo-op die rots te gaan sit. Het jy selfdood oorweeg?"

'n Lang stilte volg... Net die geknetter van die vuur en die geloei van die wind hang in die geboutjie rond. "En wat as ek wou?"

"Dit is nie 'n oplossing nie, en jy weet dit. Vertel my, dalk kan ek help, of net luister. Dit is goed om daaroor te praat, om dit op te krop laat jou onverantwoordelik optree. Ek is Liam Reyneke, dalk laat dit jou meer ontdooi. Waar het jy nou al ooit van 'n moordenaar gehoor met die naam Liam, dit klink mos net nie reg nie." Hy glimlag vir haar, lag dan vir sy eie grappie. Hy sien die effense trek om haar mondhoeke en die blink van haar grys oë.

"Baie dankie, as dit nie vir jou was nie, was ek vandag bokveld toe. Ek is Twanette Greyling, en ja, die gedagte het by my opgekom, maar óf ek dit sou deurvoer, dié weet ek nie. Dit is nie wie ek is om die maklike uitweg te kies nie."

Liam gooi nog hout op die vuur, uit sy rugsak haal hy 'n ysterstaandertjie en 'n blink keteltjie. Uit 'n waterbottel gooi hy water in die ketel, sit die staandertjie aan die kant van die vuur.

"Swart soet koffie sal jou senuwees laat bedaar, jy lyk maar oes." Hy grou nog 'n keer in sy rugsak, bring 'n plastiese sakkie met droë beskuit te voorskyn. "Die see maak mens altyd honger."

Twanette kyk met verwondering na Liam. Sy voel vir die eerste keer in maande kalm. "Wie is jy, Liam Reyneke?"

"Wie ek?"

"Ja jy, ek sien nie nog iemand hier rond nie."

"Ek is sommer net Liam Reyneke, maar sê eerder vir mý wie jy is, Twanette? Dit is 'n mooi naam, pas by jou. Wat is dit wat gemaak het dat jy eerder die diepte van die see verkies het?"

"Dit is 'n lang storie. Jy sal nie belangstel nie."

"Ons het tyd, of moet jy iewers wees?" Hy sien die flikkering in die grys oë, en hy weet dat sy nog nie reg is om oor haar seer te praat nie.

'n Rilling gaan deur haar lyf, sy vou haar hande om die blou emaljebekertjie, drink ingedagte van die soet, swart koffie. "Ek kan nog nie oor dit praat nie, Liam, die hele ding is vir my nog te seer. My roof gaan nie nou vorm nie, die wond in my hart gaan vir altyd 'n bloederige spul bly."

"Dalk nie nou dadelik nie, maar met tyd. Ek het ook gesukkel, daarom is ek hier by die see. Die see het 'n gewoonte om 'n seer gesond te maak."

"Jy is seker reg... Ek moet by die huis kom, en ek wil hê dat jy saam met my moet kom. Sal jy?" Twanette sien die huiwering in sy oë, die trek om sy mond. "Asseblief, ek skuld jou. My motor staan daarbo geparkeer."

"Goed, ek sal saamgaan, nie oor jy my skuld nie, maar oor jy so mooi vra."

Hy pak die bekers en die keteltjie met sy staander terug in die rugsak, gooi die res van die bottel se water uit oor die vuur. Na hy doodseker gemaak het die vuur is heeltemal geblus, maak hy die lendelam deur oop. "Dit reën nog, maar gelukkig het die wind bedaar, as ons hardloop, behoort ons by jou motor te kom voor nog 'n harder bui uitsak."

Hoofstuk 2

Met 'n gevoel van verligting maak hulle hulself sit in die klein rooi BMW sportmotortjie. Liam kyk ongemaklik rond. Hy weet hy pas nie in dié prentjie nie. Hy 'n swerwer, en sy 'n rykmanskind of -vrou. Senuagtig vee hy die skouerlengte slierte uit sy gesig.

"Twanette, jy is nou veilig, ek dink nie ek moet saamkom nie. Hy steek sy hand uit om die deur oop te maak. 'n Yskoue hand vou om sy groot hand. "Nee, wag asseblief, ek het my lewe te danke aan jou. 'n Koppie warm koffie en droë klere is die minste wat ek vir jou kan doen. My woonstel is nie ver hiervandaan nie. Kom saam, asseblief."

"Wat gaan jou mense sê as jy met my daar aankom?"

"Niks, ek woon alleen. My ouers en my sussie woon in Leiden, in die suide van Nederland. Hulle is seker al meer as tien jaar daar." Met dié woorde trek sy weg, ry stadig in die rigting van haar luukse woonstel in Kampsbaai.

"Gaan stort gou sodat jy kan warm word, daar is skoon handdoeke in die kassie teen die muur. Ek bring vir jou klere, dit is nog klere van my gewese man, julle is omtrent dieselfde grootte. Ek gaan ook gou deur die warmwater draf, dan maak ek vir ons lekker warm filterkoffie. In die blik is boerbeskuit, nog my ma se resep."

Liam staan onseker rond, verwonder hom aan die luuksheid van die woonstel. In die badkamer stroop hy sy klere af, stap onder die warm stort in. Hy voel hoe lewe weer terugkom in sy koue ledemate. Hoe lank hy onder die warm stort gestaan het, weet hy nie. Die sagte kloppie aan die deur ruk hom terug die werklikheid in.

"Hier is die klere, ek sit dit op die bankie neffens die deur. Daar is shampoo op die rakkie."

Heelwat later maak Liam sy verskyning in die kombuis. "Ek hoop nie jy gee om nie, maar ek het 'n skeermes in die kassie ontdek, moes my darem weer respektabel kry"

Twanette kyk met verwondering na die "vreemde" vreemdeling wat in die kombuisdeur staan. Sy verwonder haar aan sy sterk gelaatstrekke. Sy klam hare het hy vasgemaak met 'n rekkie wat hy in die badkamer gekry het. Onder die elektriese lig skyn sy hare goudblond.

"Kom sit, Liam, ek is nou so honger soos 'n wolf na die episode in die see. Die reën sif nou met mening neer op die alreeds deurdrenkte grond, maar dit is goed so, ons kort baie reën. Dit was 'n baie droë seisoen, die reën is 'n seën van bo. Nou kan die damme en spruite vol word."

Na die derde koppie koffie, en die blik na aan leeg, staan Liam op. "Ek sal nou moet gaan, mens oorskry nie iemand se gasvryheid nie. Baie dankie vir die klere, dan gaan ek maar weer."

Liam, bly asseblief, waar sal jy in dié weer heengaan?" Sy kyk na die lang, blonde man. Twee vreemdelinge wat op 'n snaakse manier in mekaar se spasie inbeweeg het. Sy voel veilig by hom, hoekom weet sy nie. "Die klere wat jy aangehad het is nog in die tuimeldroër."

Die wolkbedekte nag begin stadig ontslae raak van die onweerswolke. 'n Sterk bries van die land se kant af, dryf hulle seewaarts, laat die naghemel fluweelswart met miljoene sterre wat blink flonker, toe Twanette met heerlike gebraaide wors en aartappelskyfies op skinkborde ingestap kom. Liam staan voor die groot vensters wat uitkyk oor Kampsbaai se liggies.

"Ek hoop jy is nog honger ná al daardie beskuit en koffie."

Met sagte musiek in die agtergrond en kerslig, eet hulle in stilte. Meteens praat altwee gelyk. "Jammer, Twanette, praat jy eerste."

"Ek wou vra, en ek is jammer as dit persoonlik klink, maar wat het gebeur dat jy rondswerf en nie werklik 'n vastrapplek het nie?"

"Ek sal jou vertel, net as jy belowe om jou verhaal ook met my te deel."

Twanette sien die seer kyk in sy oë. "Ek belowe..."

"Dit is 'n hartseerstorie. Ek praat nie graag daaroor nie, maar aangesien jy nou so mooi vra... Ek is 'n marinebioloog van beroep. Tydens 'n navorsingsekspedisie het ons, dit is nou ek, my verloofde Lelani, en nog twee navorsers, na rare skulpe in die diepsee gesoek toe die ongeluk gebeur het. Lelani was besig om skulpe te sorteer en in plastiese kratte te pak.

"'n Fratsgolf, groter as normaal, het die boot getref. Die boot het gekantel, sy het haar ewewig verloor en oorboord geval. Dít alles, het in 'n oogwink gebeur, ek kon niks doen nie. Die boot was feitlik dadelik omring deur haaie van elke spesie denkbaar. Die gespartel het hul aandag getrek, ek kon haar nie red nie, ekself sou saam met haar verskeur word.

"Lelanie was binne minute voor ons oë verskeur. Die water om die boot was rooi van haar bloed. Ons het 'n lang ruk gewag om te sien of daar iets van haar is wat oppervlakte toe kom, maar daar was niks. Ek het onmiddellik die Sea-Rescue-span gekontak. Hulle duikers kon ook niks kry nie, al wat oor was, was die rooierige kleur van haar bloed in die water. Dié het ook vinnig verdwyn soos wat die deinings dit weggevoer het.

"Ná die aanval het niks meer saak gemaak nie. Ek het in myself verdwyn en 'n swerwersbestaan begin leef. Vyf jaar het nou verbygegaan, en in dié tyd het ek letterlik die wêreld plat gestap. Dit is nou 'n week wat ek terug is in Suid-Afrika. Ek hou van die Kaap, en het besluit om op 'n stadium weer die ou drade op te tel, my beroep as marinebioloog weer te volg. Dit is net die moed wat nog ontbreek. Dit is ook net pure toeval dat ek op jou afgekom het, daar waar jy bo-op die rotse gesit het. Salig onbewus van die gevaar rondom jou."

"Dit is 'n hartseer verhaal, Liam, ek is so jammer."

"Dankie, Twanette, maar wil jy nie nou oor jou hartseer praat nie? Watse hartseer skuil daar in jou grys oë? Dit is 'n hartseer wat die glans wegneem, en jou glimlag verdof."

"Wil jy regtig my storie hoor, Liam?"

"Ek wil graag, dalk kan ek jou raad gee, of net luister."

"Dit is 'n storie wat soos 'n sprokie begin het, maar uiteindelik in die skeihof geëindig het."

Liam sien die onnatuurlike blink in die grys oë, sy hart gaan uit na die tenger blonde vrou oorkant hom. Hy weet dat die seerplek in haar hart nog baie rou is. Teveel seer sal die plek in haar hart rou hou, selfgenesing eers vir 'n rukkie stuit. Tyd is die enigste oplossing, en ook die enigste geneesmiddel.

"Praat jou hart uit, Twanette, dit help om die spinnekopdrade wat jou hartseerhart toegespin het, af te kry. Dan met tyd, val die spinnekopdrade af, ontbloot 'n roof, wat ook met tyd gaan afval. Ek ken die soort seer."

Aandagtig, en sonder om haar in die rede te val, sit hy doodstil en luister na haar hartseer verhaal wat die blinkgrys oë met tyd verdof het.

Hoofstuk 3

DRIE JAAR TERUG. 2 MILITÊRE HOSPITAAL, KAAPSTAD.

"Suster, ek gaan maar vir dokter Naudé skakel, Jaco Greyling in 29C lyk regtig sleg. Dit is asof die medikasie geen uitwerking op hom het nie, so asof hy net nie meer wíl veg nie. Ek dink suster moet daar gaan inloer terwyl ek vir dr Naudé skakel."

"Dankie, Staf, ek loop nou dadelik. Ek persoonlik dink hy moet verskuif word na 'n privaat kamer. Om só tussen die ander beseerde soldate te lê, is nie goed op sy psige nie, ek sal dit met dr Naudé bespreek."

Moeg en effe geïrriteerd van die erge verkeer rondom 2 Militêre Hospitaal in Kaapstad, sluit Twanette Naudé haar woonstel se voordeur oop. Skaars het sy haar skouersak op die eiland in die kombuis neergesit, of haar foon begin skril om hulp roep.

"Twanette Naudé..."

"Dokter, dit is staf Pieterse, jammer ek pla, maar dokter sal moet kom. Jaco Greyling lyk regtig sleg, ons kry nie die koors af nie. Hy reageer glad nie op die meds nie."

"Pak hom met yspakke, spuit hom Acetaminophen. Ek is oor tien minute daar."

"Ai, Snoekie, daar gaan ek weer, ek gee net gou vir jou kos. Wees nou soet en wag vir my, dit behoort nie té lank te neem nie." Terwyl Twanette katkos uit 'n pakkie Whiskers krap, dink sy aan Jaco Greyling.

Sy was daardie dag aan diens in Ongevalle toe die noodhelikopter van die Suid-Afrikaanse Weermag 'n beseerde soldaat ingebring het. In sy lêer wat die mediese beampte aan haar oorhandig het, het sy vlugtig gesien dat hy 'n luitenant in die Spesiale Eenheid is, óók dat sy naam Jaco Greyling is. Die twee mediese beamptes wat saam met hom gevlieg het, het vinnig sy toestand afgerammel, gesê hulle vlieg terug basis toe om nog beseerde soldate te gaan haal.

Eers heelwat later, nadat sy en haar kollegas Jaco Greyling gestabiliseer het en hy opgestuur is teater toe, het sy met een van die offisiere gesels wat ook saam gevlieg het toe hy ingebring is na 2 Militêre Hospitaal.

"Sal hy dit maak, Dokter?" Luitenant Stefan Burger het bekommerd na Twanette gekyk.

"Jammer, vergeet ek my maniere. Ek is Stefan Burger, Jaco Greyling is saam met my in Irak, dieselfde Taakmag. Om meer spesifiek te wees, in Amirili Saladin. Daardie deel van Irak is al sedert 2014 onder aanval van ISIS.

"Die meeste inwoners daar is Shia Turke wat net hul land probeer verdedig. Dit is waar ons Spesmagte betrokke geraak het. Jammer, Dokter, ek gee nou inligting wat vir jou van geen belang is nie. Ek wil net hê dat jy moet weet hoe en waar."

"Ek stel regtig belang, Luitenant, ek het self twee jaar daar diens gedoen, by Dokters Sonder Grense. Nou wel nie daar waar julle was nie nie. Irak is groot, so ek verstaan julle situasie baie goed. Wat sy toestand betref, ek glo hy sal dit maak. Luitenant, terwyl ons 'n tydjie het, wat presies het gebeur?"

"Irak is 'n baie komplekse land, wat ek daarby bedoel, die land sowel as sy inwoners. Van die mense ondersteun die regering, die ander weer vir ISIS, soos jy natuurlik self weet. Wie ons posisie weggegee het, sal ons seker nooit weet nie.

"Ons het skuiling in 'n murasie gesoek. Die 'ons' is nou ek, luitenant Greyling en nog drie ander Spesmag-lede van die Suid-Afrikaanse Weermag. Ons was heeltemal vasgekeer, ek het ge-radio vir hulp. Die volgende oomblik het die vyand 'n handgranaat in die murasie gegooi, feitlik bo-op ons. Genade bo genade, is nie een erg beseer nie, behalwe luitenant Greyling.

"Skrapnel het hom vol in die bors getref. Terwyl een van die ouens wat ook 'n mediese beampte is, probeer het om hom te stabiliseer, het ons noodhelikopter geland. Ons het hom eerste gebring. Die ander is nog by die basis, dit was 'n vlug so reg uit die hel. Gelukkig was die vlieënier wat die 330 Puma gevlieg het van die bestes in die wêreld. Ek wil graag hier bly tot hy uit die teater kom, as dit reg is met julle, dokter Naudé?"

"Gaan wag gerus in die wag-aria, daar is darem koffie, en dit smaak glad nie sleg nie. Ek sal 'n verpleegster stuur om jou te kom roep, maar nou moet jy my verskoon."

Vinnig en doelgerig het sy teruggestap na Ongevalle. Kort-kort was daar 'n soldaat of ander lede van die weermag wat ingebring was, maar tussen haar werk deur het haar gedagtes by die swartkop luitenant gebly. In haar professie as dokter, het sy nog nooit die reël oortree om by 'n pasiënt betrokke te raak nie. Maar dié lang swartkopman in sy verflenterde kamoefleerdrag, en bloed oral oor hom, het haar nuuskierigheid geprikkel. Hoekom, sou sy nie baie lank ná daardie dag uitvind nie.

Jaco Greyling was lank in die teater, skrapnel het oral in sy bors vasgesit. Die groter stukke kon die teaterspan vinnig verwyder, maar dit was die klein stukkies wat later aan 'n groot probleem veroorsaak het.

Twanette was verlig toe hy bygekom het ná die operasie. Dae wat weke geword het, het verbygegaan waar Jaco Greyling tussen hier en daar gesweef het. Op die veertiende dag het hy sy groot blou oë oopgemaak en in Twanette se gryses vasgekyk waar sy besig was om saam met 'n stafverpleegster sy verbande te vervang.

"Is al die dokters by 2 Militêr so mooi soos jy, Dokter?"

"As jy begin om vleitaal rond te gooi, is jy naby gesond word, Luitenant."

"As jy my dokter gaan wees, wil ek altyd siek wees in hiérdie afdeling, waar jý my kan dokter."

"Luitenant Greyling! Niemand wens om siek te wees nie." Sy het deur skrefiesoë na hom gekyk, gemaak kwaad haar grys oë gerek vir die onsinnigheid wat hy kwytgeraak het. Maar tog, was daar 'n soort warmte in haar hart. "Staf, maak jy hier klaar asseblief, daar is ander pasiënte wat regtig siek is en nie grappies lê en maak nie."

Drie weke later klop iemand aan haar voordeur. Met Snoekie in haar arms, staan sy ietwat geïrriteerd op om die deur oop te maak. Voor haar staan die swartkop luitenant, met 'n bos goudgeel rose agter sy rug.

"Mag ek inkom, dokter Naudé? Ek wil net kom dankie sê."

"Vir wat wil jy dankie sê, luitenant Greyling? Ek het net my werk gedoen." Twanette kyk verbaas na die saggeaarde Soekie, dié raas en blaas, presies net soos haar stoere-voorouers. "Verskoon haar asseblief, Luitenant, sy hou nie baie van vreemdelinge nie."

"Wel, dan sal sy baie vinnig aan my gewoond moet raak, want ek en jy trou oor 'n maand."

"Wat! Jy is definitief nog nie heeltemal gesond nie, Luitenant, ek dink jy het regtig 'n kopdokter nodig. Kom môreoggend na my spreekkamer, dan gee ek vir jou die telefoonnommer van 'n baie goeie sielkundige wat met dié soort van dinge werk!"

"Dankie, dokter Naudé, ek sal beslis. Maar wat nou van die rose?"

Altwee bars uit van die lag. Ounag het al in 'n nuwe daeraad begin verkleur toe Jaco Greyling vir

Twanette 'n soentjie blaas en die stoeptrappies afloop in die rigting waar sy 1965 bloedrooi Mustang geparkeer staan. By die motor draai hy om, loop vinnig terug na waar 'n verbaasde Twanette in die deur staan. Hy kelk sy hande om haar gesig, en soen haar letterlik van haar voete af. Uitbundig draai hy haar in die rondte. "'n Maand is te lank, wat van oor twee weke?"

"Oor twee weke dan, luitenant Greyling..."

Presies twee weke en een dag later, stap Jaco en Twanette die paadjie af na die pragtige versierde boog aan die einde van 'n herfsblare tapyt, waar kapelaan Petrus Meyer en Stefan Burger op hulle wag. 'n Oggendbries warrel hier en daar herfsblare op, skep stouterig 'n effense chaos onder die dames met kort, wye uitrustings wat die manne natuurlik geniet, én dan nog die bries aanmoedig. Ook Twanette gryp vervaard na haar sluier wat rondom haar gesig waai.

Die herfskleure van die natuur, gemeng met helderpienk bykomstighede, laat die gaste hulle asems intrek. 'n Prentjie so reg uit 'n sprokie. Jaco en Twanette se sprokie. Min het sy toe geweet van die onweerswolke wat oor die berg aangeblaas kom.

Waar hulle voor die kapelaan staan, is daar 'n benoudheid in Twanette se hart. "Hoekom in jou 'camo-uniform' Jaco?"

"Sjuut jong, daar begin die seremonie."

Jaco hou haar hand styf vas tydens die seremonie, soen haar uitbundig toe die kapelaan sê hy mag sy bruid soen... Tóg is daar 'n teruggetrokkenheid in Jaco wat Twanette nie geken het tydens hul warrelwind romanse nie.

Tydens die onthaal is Jaco weer die ou Jaco, vol grappies. Hy kan nie sy oë van Twanette afhou nie. "My eie pragtige vrou."

Toe die foonoproep! Jaco haal sy foon vinnig uit sy uniform se baadjiesak. Die dans waarmee hulle besig is, word net daar in sy spore gestop. 'n Stilte daal oor die onthaalarea.

"Goed, Majoor, ons is op pad." Met Twanette aan die hand, baan hy sy weg na waar die mikrofoon staan. Met die mikrofoon in een hand en Twanette se hand in sy ander hand, gee hy 'n vinnige opdrag aan die lede van sy eenheid en vra vir die gaste om verskoning. Hy verduidelik net dat hulle 'n opdrag gekry het om dadelik te vertrek.

Twanette kyk verskrik na Jaco. "Jaco, wat nou?"

"'n Opdrag, my vrou, ek en my manne kan dit nie ignoreer nie."

"Wat nou van my?" Twanette is na aan trane. "Kan jy nie uitstel tot môre nie?"

"Nee, liefste Twanette, gaan aan met die onthaal, dan gaan jy terug na ons woonstel. Ek vlieg oor minder as 'n uur van Ysterplaat na Irak."

Twanette kan die opgewondenheid in Jaco se oë sien. 'n Koue ysterhand streel haar rug en laat hoendervleis op haar vel uitslaan "Vir hoe lank, Jaco?"

"Sulke operasies is onbepaald, my lief, ek kan jou nie tyd en datum gee nie."

Sy kan voel hoe haar hart saamtrek van hartseer, staan net en kyk hoe Jaco en vier van sy manne wegstap na 'n Bedford wat op hulle staan en wag. Haar grys oë vol trane. "Jaco!" Met haar trourok tot by haar knieë opgetrek, hardloop sy agter hom aan, maar Jaco gee geen aandag aan haar nie. Hy trek net sy skouers reguit, trek sy baret uit onder die lapel op sy skouer, sit dit perfek op sy swart hare, en kyk stip voor hom.

Twanette steek net daar in haar spore vas toe sy die Bedford sien wegry, sonder dat Jaco vir haar waai of terugkyk na haar.

Die dae het weke geword en die weke drie maande. Een aand, aan die einde van die derde maand, staan Jaco net daar, in hul sitkamer, met Snoekie in sy arms.

"Jaco, my liefste Jaco! Uiteindelik is jy hier." Die seer verlange van drie maande verdwyn soos mis voor die son. Met een tree is sy in haar held se arms. Sy kan die oorlog aan sy uniform ruik, maar dit weerhou haar geensins daarvan toe Jaco haar opraap en na hulle slaapkamer dra nie.

Twanette is in die sewende hemel van ekstase en geluk. "Ek is só lief vir jou, Jaco, die drie maande het soos drie jaar gevoel."

Altwee lê later sweterig in mekaar se arms, vervul met hul liefde vir mekaar.

"My lief, ek is net vir 'n paar dae in die land. Ek vlieg volgende week terug na ons basis in Amirili Saladin."

"Jaco, nee! Vir hoe lank dié keer?" Twanette se stem is net 'n fluistering van ingehoue emosies.

"Ek weet nie, Twanette, dit is my werk... Ek gaan nie soontoe vir die sports nie!"

"Ek besef dit, Jaco! Ek is nie dom nie. Maar wat beteken ons huwelik as jy nooit hier is nie? Ek leef in vrees, vrees dat 'n kapelaan my kom inlig dat jy ernstig beseer óf dood is."

"Jy moet dit net aanvaar, Twanette. Jy het voor ons getroud is al geweet ek leef nie 'n gewone lewe nie. Ons Taakmag se doel is om mense te help wat in oorlogsituasies vasgevang is, en hulp nodig het. Of het jy gedink ons paradeer net daar rond?"

"Jaco, magtig, ek is 'n dokter en het ook al in daardie geweste diens gedoen. Natuurlik besef ek wat julle doen, maar kan jy nie tenminste verlof kry nie? Gaan ons huwelik dan elke keer bestaan net uit 'n paar dae? Ons is al drie maande getroud, waarvan ek jou net dié dag met ons troue gesien het, nou is jy alweer op pad. Is dit hoe dit gaan wees vir die res van ons lewens?"

"Ek sê wéér, raak gewoond daaraan, Twanette." Met dié woorde staan hy op, en trek aan. Die volgende oomblik hoor sy net die diep gegrom van die Mustang se enjin.

Laatnag hoor sy hom inkom. Hy skuif langs haar in, en raak feitlik dadelik aan die slaap. Sy draai na hom, maar draai dadelik weer op haar ander sy toe sy die alkohol op sy asem ruik.

Drie dae later groet hy haar en vertrek, terug na Amirili Saladin.

Hierdie keer is daar letterlik geen taal of tyding nie. Twanette trek die dae op die kalender teen die yskas dood met 'n swart kokipen.

Op 'n dag, na 'n harde skof agter die rug, gaan staan sy voor die kalender, kyk na al die swart kruisies deur die maande. Kruisies wat haar en Jaco se lewensverhaal vertel. Tot haar ontsteltenis besef sy dat sy sopas 'n kruisie deur die laaste dag van ses maande getrek het, en steeds is daar geen tyding van watter aard ook al nie.

Daardie nag kry sy nagmerries van wat syself beleef het as lid van *Dokters Sonder Grense*. Met 'n kloppende hoofpyn gaan sy die volgende oggend aan diens: sy sien op na die lang skof wat op haar wag.

Die oggend stap gou aan, en sy is verlig toe haar teetyd aanbreek. Op pad na die kafeteria hoor sy voetstappe, harde, vinnige voetstappe. Sy draai haar kop, en sien Jaco in volle uniform. Maar die keer is Twanette moedswillig. Sy hou net aan stap tot in die kafeteria, neem 'n koppie rooibos, en gaan sit by een van die tafels. Oorkant haar sleep Jaco 'n stoel met onsag agteruit en plof daarop neer.

"Wat de duiwel, Twanette! Ek was ses maande weg, en dít is hoe jy my welkom heet?"

"Ja, Jaco, dit is ses maande! Met geen taal of tyding. Jy aanvaar net ek moet jou met ope arms ontvang, verheug wees as jy onverwags jou verskyning maak. Hoe werk jou kop?"

Die verhouding tussen hulle versuur verder sodanig in die maande wat volg, dat Jaco in die spaarkamer slaap die kere wat hy wel huis toe kom.

Een oggend baie vroeg hoor sy 'n gedreun. Sy spring vinnig op en kyk deur die kantgordyn, net betyds om 'n Bedford se rooi ligte te sien verdwyn. Jaco is weer vort, en dié keer sonder om te groet.

Op die eetkamertafel trek 'n enkel vel wit papier haar aandag. Dit is 'n brief van Jaco waarin hy sê dat dinge nie werk tussen hulle nie, sy moet 'n prokureur gaan spreek en die egskeiding aanhangig maak.

Twanette is verpletter, sy was so seker dat hy darem by die huis sou wees vir hulle twee jaar huweliksherdenking.

Wishful thinking, Twanette! Jou lewe was nou vir twee jaar "on hold". Twee jaar waarvan jy hom net vier keer, vir minder as 'n week gesien het! praat haar innerlike hard met haar. Sy weet dat dit alles waar is, maar 'n egskeiding!

'n Paar dae nadat Jaco in die Bedford geklim, en finaal van haar af weggery het, het Snoekie ook stil-stil uit haar lewe verdwyn. Toe sy een middag by die woonstel kom, was die kat net weg.

Hoofstuk 4

TERUG IN DIE HEDE...

Liam vee die trane van Twanette se wange af, kyk na die grys oë wat swem in 'n dam vol trane. "Ek is jammer oor al jou pyn, Twanette, maar hy is nie jou trane werd nie."

"Ek besef dit, Liam, maar dit maak die seer nie minder nie."

Daar is 'n lang stilte tussen hulle; 'n stilte wat nie pla nie. Na 'n rukkie staan sy op en gaan sit die perkoleerder aan. Die heerlike geur van varsgebroude moerkoffie vul die hele woonstel.

Elk met 'n beker koffie, gaan sit hulle weer stil langs mekaar, elkeen besig met hul eie gedagtes. Gedagtes van goeie tye, maar ook van groot hartseer. "Wat gaan jy nou doen, Twanette? Aangaan met jou lewe soos dit tans is? Dokter wees by 2 Militêre Hospitaal?"

"Ek dink nie so nie, Liam, ek wil vir my ma-hulle in Leiden gaan kuier, ek verlang na hulle. Maar eers wil ek vir 'n rukkie gaan vakansie hou, net vir so twee weke. Ek het gedink om sommer môre na 'n reisagentskap te gaan en te kyk wat hulle aanbied. Die hospitaal skuld my drie maande opgehoopte verlof. Vir eers gaan ek al my verlof gebruik, daarna sal ek terugkom. Dalk sal ek teen daardie tyd weet wat om verder met my lewe te doen. En jy, Liam, wat gaan jý doen?"

"Heel eerste moet ek môre of die dag daarna by my bank uitkom, al my rekeninge lê dormant vir vyf jaar. Ek sal moet kontant trek, dan na 'n blyplek loop soek. Wanneer ek genoeg moed bymekaargeskraap het, weer gaan werk soek in die rigting waarin ek opgelei is. Maar ek is vol hoop, ek sal net móét... Ek is ook nou moeg vir rondswerf. Ek het klaar besluit ek gaan Kaapstad my blyplek maak, hier wil ek heeltemal gesond word en 'n splinternuwe lewe begin."

"Dit is al bitter laat, Liam, ek dink jy moet hier oorslaap. Jy kan hier bly tot ons altwee koers gekry het. Waar sal jy nou in dié nat, donker nag blyplek kry? Die spaarkamer is tot jou beskikking tot jy ander blyplek gekry het. Stem jy in?"

"Dankie, Twanette, ek gryp dié geleentheid met dankbare hande aan. Ek sal weer vir bankkaarte aansoek moet doen, ek het alles behalwe my identiteitskaart en bestuurslisensie tot niet gemaak. Moenie vra hoekom nie... Ek was net daardie tyd in 'n baie donker plek."

Drie weke later breek die herfsoggend winderig aan. Die plat tafel van Tafelberg is met 'n laag miswolke bedek, branders in die hoogwatergety breek hoog en skuimend teen rotse wat stadig verdwyn onder die massas grys skuimende water.

"Nou dan groet ons maar... Jy is op pad, en ek het 'n lekker woonstel gekry met 'n see-uitsig, én glo dit of nié, ek het werk gekry by die Kaapse Instituut vir Marine-navorsing. Is nou nie dieselfde as wat ek in Durban gehad het nie, maar dit is in my rigting.

Wanneer vertrek jy, Twanette en wat is jou planne?"

"Ek vlieg vanaand Barcelona toe, ek wil graag die Spaanse platteland sien. Ek gaan daar 'n motor huur, en vir twee weke daar rondkyk en kuier. Elke aand in 'n ander dorpie slaap, dan ná my twee weke vakansie verby is, vlieg ek Amsterdam toe. My ma hulle is só opgewonde, ek het hulle baie lanklaas gesien."

"Jy moet veilig reis, en kuier lekker by jou ouers. Leiden is 'n pragtige dorpie. Bekend vir sy eeueoue argitektuur. Leiden is ook bekend vir die oudste universiteit in Nederland."

BARCELONA EI PRAT INTERNASIONALE LUGHAWE – SPANJE

Die opgewondenheid begin borrel in Twanette wanneer die groot Boeing 747 van die Iberia Lugdiens se wiele die aanloopbaan raak.

Dit was 'n moeilike en vol vlug vanaf Kaap Internasionale Lughawe. Met dankbaarheid reik sy na haar handbagasie bokant haar kop. Sy hang haar handsak oor haar regterskouer en haar rekenaar en kamerasak oor haar linker een. Voetjie vir voetjie skuifel sy agter die passasies aan in die nou gangetjie. Passasiers wat ongeduldig probeer om so vinnig moontlik voort te beweeg.

"Nes 'n spul skape in 'n drukgang..." Ergerlik kyk sy om toe daar hard teen haar gestamp word. Gereed om die persoon toe te snou, kyk sy vas in 'n paar donkerbruin oë en 'n skewe glimlag.

"Lo sento" (Jammer.) Die lang donkerkop Spanjaard glimlag verskonend vir Twanette.

"It's okay." Twanette giggel vir haarself. Omtrent die enigste woord wat sy in Spaans ken is 'lo sento.' Dan is hulle in die buis wat die passasiers die lughawe gebou inneem.

Twanette trippel behoorlik van ongeduld terwyl sy vir haar ekstragroot skelpienk tas wag. Iewers in die lokaal hoor sy ietwat van 'n kommosie. Haar oog vang die donderkop Spanjaard wat al protesterende wegloop saam met twee sekuriteitswagte. Maar dan stol haar bloed in haar are... Hy beduie met swaaiende arms na haar.

Hoekom nou na jou, Twanette? Jy het niks verkeerd gedoen nie... Óf het jy?

Sy sien haar tas wat stadig aankom op die vervoerband. Verligting spoel deur haar, maar ontaard in 'n wrang smaak in haar mond. Aan weerskante van haar staan twee polisiemanne met hul kenmerkende Spaanse uniforms, elk met 'n snuffelhond aan 'n leiband. Die twee snuffelhonde begin blaf, ruik aan haar tas, en aan haar handsak. Sonder ontsag of seremonie word haar handsak, kamera en rekenaarsak van haar skouers afgeruk.

Twanette voel hoe haar hart swaar in haar borskas begin klop. "Iets is nie reg nie, hier is groot moeilikheid." Die woorde rol sag oor haar lippe terwyl sy doodstil staan.

"Siganos haslo rapido" Die man naaste aan haar gryp haar tas en drasakke, terwyl die ander een haar aan die bo-arm agter hom aansleep.

"I don't understand Spanish! What must I do?"

"Just come with us."

Twanette beweeg vinnig agter hom aan. Hardhandig word sy in 'n vertrek met net 'n tafel ingeboender. Haar tas, handsak, kamerasak en rekenaarsak word op die tafel neergegooi.

"Open all your things. Now!"

Paniekerig maak sy haar tas en die ander sakke op die tafel, se knippe oop.

Paniek slaan haar soos 'n vuishou tussen haar oë. Sy staar na die eens netjies gepakte tas met haar vakansieklere. Klere waarmee daar beslis gepeuter is, lê nou in wanorde.

Een van die snuffelhonde kom staan op sy agterpote, snuffel met sy groot kop tussen haar klere, dan begin hy opgewonde blaf. Die ander een druk sy neus in haar handsak, maak opgewonde tjankgeluide. Die polisiemanne grou nou met ontsag tussen haar klere en kant-onderklere, sy voel hoe 'n blos haar wange warm maak. Dan, tot haar grootste verbasing, lig een 'n platterige pakkie, toegedraai in foelie, uit haar tas. Sy staar in ongeloof na die ontdekking wat die polisieman gedoen het.

Die polisieman druk die pakkie feitlik in haar gesig. "Esto es tuyo?" (Is dié joune?)

"I don't speak and understand Spanish, I am from South-Africa, just for a holiday. I don't know this package."

Die polisieman haal die omhulsel af. Voor hulle lê vier pakkies met wit poeier, tenminste 'n halwe kilogram elk, stewig toegedraai in deursigtige plasties. Met 'n klein messie maak hy 'n snit in een van die pakkies, druk sy pinkie in die inhoud en lek daaraan. "It's pure cocaine."

Die ander beampte skud alles uit haar handsak. 'n Klomp, minstens tien klein plastieksakkies óók met 'n poeieragtige wit substansie, lê op die growwe blad van die tafel. Die sakkies is bymekaar met 'n rekkie vasgebind.

Die polisiebeampte gooi 'n bietjie van die fyn wit poeier in sy handpalm, ruik en lek daaraan. "Also coke."

Twanette snak na haar asem. "It's tot mine." Sy voel hoe histerie vlak kom lê.

"Now you must come with us to police station."

Twanette sluk amper haar kleintongetjie in wanneer sy in boeie geslaan word.

Sy word hardhandig aan haar arm deur die ander polisieman begelei na die ingang van die lughawe waar 'n polisievoertuig geparkeer staan. "My luggage!" Twanette voel hoe 'n naarte op die krop van haar maag saamtrek.

"No hables! Estas bajo arrest! (Moenie praat nie, jy is order arres.)

Die rit van van die lughawe tot by die polisiestasie is vir Twanette onwerklik. Hier is sy in Barcelona,

Spanje, op 'n lang verdiende vakansie... En nou bevind sy haar in die ergste nagmerrie waaraan mens kan dink. Sy weet, want dit is algemeen bekend: Om in enige land op 'n lughawe gevang te word vir die besit van verdowingsmiddels, voorspel niks goeds nie.

Koue rillings trek deur haar lyf, bel kan sy ook nie, want álles is gekonfiskeer. Trane wel in haar oë op. Hoe gaan sy haarself verduidelik in 'n vreemde land met 'n vreemde kultuur en taal? Sy byt haar onderlip so hard tussen haar tande vas, dat sy die soet, walglike smaak van bloed in haar mond kry.

Wat alles gebeur het vandat hulle by die polisiestasie gekom het, is vir haar 'n onwerklike nagmerrie. 'n Nagmerrie waaruit sy nie kan wakkerword nie.

'n Klomp prosedures volg. Twanette voel of sy eerder net kan verdamp, wegraak, óf wakkerskrik uit die aaneenlopende nagmerrie. Foto's, vingerafdrukke en ongeskikte vroulike polisielede wat haar poedelnakend laat uittrek. Sy word bevoel en bevat op plekke wat haar bloed laat opdam in haar gesig. Na dié vernederende episode, druk hulle 'n aaklige bruin oorpak en wit tekkies sonder veters in haar hande.

Die ondervraging duur ure aanmekaar, dieselfde vrae oor en oor. Party in Spaans, wat sy net weier om te antwoord. In Engels gaan dit ook moeilik, nie alle Spanjaarde, al is hulle beamptes van die gereg, kan Engels reg verstaan nie.

Twanette voel of sy in 'n diep, donker put gegooi word toe die klank van haar sel se staal teen staal in haar ore weerklink. 'n Naarte oorval haar wanneer die sleutel in die slot gedraai word.

Vir eers staan sy net by die hek, te bang om om te draai. Dan word sy met geweld aan haar hare omgeruk. Sy kyk vas in donkerbruin oë en 'n baie lelike, onvriendelike gesig wat hatig na die blonde hare in haar hand kyk. Die vrou spuug op die vloer, gee haar hare nog 'n pluk. Dan stamp sy haar tussen nog 'n klomp vroulike gevangenis is. "Piece of shit... Americano shit, shit!"

Twanette retireer tot in 'n hoek van die sel. "No! no! Not Americano... South African!"

Die vettie wat lyk of sy die owerste oor die tien plus vroue is, kom staan reg voor Twanette. "South African, what you in for?"

"I really don't know, they say drugs, but I am just on holiday..."

"Tu mienté..." (Jy lieg) Die vettie klap haar deur die gesig, plant 'n vuishou op haar linkeroog. Dan sak die ander ook op haar toe.

"Para, para!" (Stop that!) Almal staan verskrik terug, kyk na 'n lang rooikopvrou wat nog die heeltyd op haar matras gesit het en die gedoente deur skrefiesoë bekyk het.

"Go and sit on your mattresses. Now!" Sy steek haar hand uit na Twanette en help haar op haar voete.

"Wees versigtig vir die spulletjie, hier moet jy jou man, of eerder vrou, kan staan. Kom ek help jou, aan die oog kan ek niks doen nie, jy gaan 'n lekker 'shiner' hê. Kom vat hier, ek het darem 'n tissue."

Twanette kyk met groot oë na haar weldoener, sien die krullerige rooi hare wat in 'n poniestert vasgevang is, die mooi pikante gesig met groot groen oë. "Jy praat Afrikaans?"

"Ja, ek is Afrikaans, nes jy. Waar kom jy vandaan en wat is jou naam? Ek is Anet Duvenhage van Port Edward, 'n lugwaardin vir Alitalia, maar is ook gevang vir verdowingsmiddels, wat ek nié gedoen het nie, maar hoe verdedig jy jouself in 'n vreemde land?"

"Aangename kennis, Anet, ek is Twanette Greyling, dokter by 2 Militêre hospitaal in die Kaap."

Wéér kom staan Vettie en haar aanhangers om Anet en Twanette. Vettie blaas nou soos 'n beneukte swartslang. "Want to kill blond woman."

"Then you must come through me... And you know me, Solita, I will kill you and the others. Leave the woman alone!"

Almal gaan sit op hul matrasse toe Anet se stem soos 'n sweep deur die sel klap. "Gemors van die agterstrate, jy moet maar naby my bly. Dis jou blonde hare wat hul moordlustig maak."

"Hoekom?" Twanette vee die bloed van haar neus af.

"Hulle haat vrouens met blonde hare, sê hulle steel hulle mans. Solita is juis in vir moord op 'n blonde Amerikaanse meisie, dié het glo vir haar man gekyk. So wees nou gewaarsku. Kom vat hier, hier is 'n rekkie, vleg jou hare en draai dit in 'n bolla laag in jou nek, slaan op jou uniform se kraag, en sit op jou keps, dit verdoesel darem die blond van jou hare."

"Hoe lank is jy al hier, Anet?"

"Seker amper tien maande, maar hierdie is net aanhoudingselle, wanneer ons gevonnis word, gaan ons tronk toe. Hier het hulle hulle eie tyd. Van die vrouens is al meer as 'n jaar hier in aanhouding."

Dan weergalm 'n sirene deur die selle, Twanette kyk verskrik na Anet. "Wat nou?"

"Toemaar, hulle gaan nou kom oopsluit, is tyd vir aandete. Moenie jou hoop op ordentlike kos sit nie, eet wat vir jou gegee word. Ons moet ons kragte en gesondheid opbou, want word jy siek, kan jy maar sê koebaai Meraai."

Die kos laat Twanette gril tot in haar kleintoontjies. Slymerige slappap, gemaak van een of ander graan. Droë gemufte bruinbrood met swart, bitter koffie.

"Sluk, Twanette, sluk net... Is al wat jy kan doen, glo my! Druk die brood in die koffie. Jy sal mettertyd gewoond raak aan die gemors wat hulle ons gee om te eet." Anet druk Twanette se hand simpatiek. "Moenie so bang lyk nie, dít is wanneer hulle dink hulle kan jou boelie, bly net naby my."

Twanette eet die slymerige pap vinnig. Rillings gemeng met naarvlae, speel woer-woer in haar maag.

Sy druk die droë brood in die swart, bitter koffie, happie vir happie sluk sy die laaste weg. "Jugg! Wat 'n smaak. Hoekom is daai vettie en haar trawante so bang vir jou, Anet?"

"Ek moes maar net my pad oopveg, anders was ek seker al oorle Anet. Een van die bewaarders, 'n ouerige vrou, is ook van Suid-Afrika. Sy het baie lank gelede hier kom bly en hier werk gekry. Soos sy sê: Dis nie té vrot nie, en die geld is goed. Sy het my touwys gemaak. 'Vir 'n mede Suid-Afrikaner in nood,' het sy gesê. Ons is steeds vrinne, in die geheim natuurlik."

Hoofstuk 5

KAAPSTAD SUID-AFRIKA

Met hande wat bewe draai Liam die stort se warmwaterkraan oop, stoom maak alles deinserig om hom. Hy voel-voel na die shampoo op die rakkie, was dan die soutwater uit sy skouerlengte krullerige blonde hare. Hy is moeg na liggaam en gees; wat as 'n goeie dag begin het, het in 'n nagmerrie ontaard.

Hy gril nog as hy aan die haai se groot bek met rye vlymskerp tande millimeters van hom af dink, waar hy in die haaihok saam met 'n kollega was. Die dag se werk het bestaan uit foto's neem van haaie wat kom ondersoek instel by die hok. Die eintlike doel was om die geel plaatjies aan die haaie se vinne in die skoot vas te vang, daardeur kon hulle bepaal watter spesies in die waters bly, en watter emigreer na warmer waters in hul jagseisoen.

Die volgende oomblik het 'n reusagtige Witdoodshaai met sy puntige snoet teen die traliehek gestamp. Met sy oopbek het hy wéér nader geswem, die tralies van die hok geruk. Liam het geweet dat dinge verkeerd kan loop. Vinnig het hy die plastiese tou wat hulle verbind met die boot, 'n pluk gegee... Die teken dat hulle vinnig opgetrek moet word. Nog voor die hok kon begin beweeg, het die haai weer aangeval.

Ben lê Roux, sy kollega, het sy ewewig verloor en een van die staalsporte van die hok vasgegryp. Die verkeerde besluit in 'n oomblik van angs! Die haai het weer aangeval, Ben le Roux se kneukels vermorsel. Die reuk van die bloed het nou ook die ander haaie tot aanval uitgelok, gelukkig is die hok binne minute opgetrek.

Terwyl sy ander kollegas vir Ben le Roux gehelp het, het hy die naarheid deur hom voel skroei. Alle inhoud wat in sy maag was het hy in die see opgegooi. Die gebeure van vyf jaar gelede, was weer glashelder in sy geheue.

Met 'n handdoek om sy smal heupe stap hy TV-kamer toe en skakel die TV aan, net betyds om die nuusleser se buitelandse nuus te vang. 'n Foto op die skerm laat koue rillings teen sy rug afloop. Vinnig sit hy die TV harder. "Nou nuus uit die Buiteland: 'n Dokter van Suid-Afrika, Twanette Greyling, is gister op die El Prat Internasionale Lughawe in Barcelona in hegtenis geneem nadat snuffelhonde kokaïen ter waarde van tweemiljoen rand in haar bagasie gevind het. Sy is tans in aanhouding. Oor na ander nuus..."

"Dit is mos nonsens! Twanette gevang met kokaïen! Wat nou? Waar gaan sy hulp kry?" Liam gaan sit op 'n bank wat uitkyk oor die see wat stormagtig branders laat in en uitrol. Duisend en een gedagtes trek soos trekvoëls deur sy gedagtes. Dan slaan één gedagte in sy kop vas: *Jy sal moet help, Liam Reyneke, hierdie is jou deurbraak om weer van hulp te wees vir iemand. Iemand wat in 'n kort tydjie jou verstokte hart weer laat klop het...*

Vir 'n paar minute kan hy aan niemand dink wat met so iets kan help nie. Sy vyf jaar onttrekking aan die samelewing het hom sy kontakte kwyt laat raak.

Met 'n beker koffie gaan staan hy weer voor die venster. *Dink, Liam! Magtig, Twanette het jou hulp nou nodig...*

Dan skiet 'n gedagte op. Natuurlik, die enigste mense wat nou kan help is die trio: Gustav Minnaar, Sillas Du Plessis en Gawie Botes. Maar hoe gemaak, hy het geen kontaknommers nie.

Liam, dink tog net! Vind uit by die weermag, al drie was destyds hier in die Kaap by Ysterplaat. Iemand behoort te weet!

Vinnig google hy Ysterplaat se nommer, dan skakel hy...

"Goeiedag, ek is opsoek na kaptein Gustav Minnaar, asseblief, kan u my sê of hy nog by Ysterplaat gestasioneer is?"

"Hy is, Meneer, ek skakel u deur."

Liam gee 'n sug van verligting... "Sê nou geluk was teen my, en Gustaf en sy manne was weer op een of ander sending." prewel hy die woorde saggies. Hy vryf sy slape wat kloppend begin pyn. Dit voel vir hom of hy begin hiperventileer, alles tekens van spanning.

"Gustav Minnaar, goeiedag."

"Hei ou maat, weet jy hoe bly is ek om jou stem te hoor!"

"Wat?! Dit kan mos nou nie waar wees nie... Liam Reyneke! Is dit jy, óf is dit jou spook wat met my praat?"

"Nee jong, dit is definitief ék. Waar kan ons ontmoet, Gustav? Ek het jou hulp dringend nodig."

"My skof maak oor 'n uur klaar, dan kan ek na jou toe kom, gee my net jou adres. Dis te sê as jy nie iewers ver in die wêreld is nie!"

"Nee, ek is hier in die Kaap, ek stuur jou 'n 'pin drop.' Dan verwag ek jou, ons het soveel om op te vang."

"Ek is bly jy is weer jou ou self, Liam, dan gesels ons later."

"Dit is my hele storie, Gustav, én nou vra ek jou om te help in jou hoedanigheid as regsgeleerde en hoof van julle Spesiale Taakmag. Praktiseer jy nog in die Regte vir die weermag?"

"Ja jong, ek sal seker maar dooi by hulle. Jy weet, ou Sillas en Gawie is ook nog hier, ek dink ons moet later 'n bier gaan drink. Hulle sal verheug wees om jou te sien. Ek dink ons het jou laas gesien net nadat ons teruggekom het van *Sending: Woestynwolf*, dit was net 'n week voor jou tragedie afgespeel het."

"Ek sal hulle ook graag weer wil sien, bel my wanneer hulle beskikbaar is, dan knak ons 'n paar biere."

"Nou, terug na Twanette Greyling; wat alles kan jy my nóg vertel van haar. Ons sal strategie moet beplan. Ek en jy sal dalk Barcelona toe moet gaan, dit hang van baie dinge af. Ek kan nie die saak vanuit Suid-Afrika behartig nie. Maar ek sê jou nou al, dit gaan nie maklik wees nie, veral omdat daar verdowingsmiddels by betrokke is."

"Wraggies nie veel meer nie. Gustav. Soos ek gesê het, sy's 'n dokter by 2 Militêre hospitaal. Ek het haar per toeval raakgesien bo-op 'n rots. My eerste gedagte was dat sy probeer selfdood pleeg, maar ek was verkeerd. Al wat ek weet, is dat sy my – ons – hulp nodig het."

"Jy sê sy was op pad Leiden toe in Nederland, hoekom is sy dan in Barcelona gevang?"

"Haar ouers bly al 'n geruime tyd daar, sy is tans met verlof en wou eers vir twee weke die Spaanse platteland besigtig. Dan Leiden toe, vir die res van haar verlof... Gustav, sy sal nóóit so iets doen nie."

"Ek glo jou, my vriend, ek het kontakte in Spanje, ek gaan sommer nou bel en 'n paar opdragte gee. Geduld is nou die wagwoord; ons kan nie verwag dinge moet oornag gebeur nie. Intussen sal ek vir Gawie en Sillas ook op hoogte bring. Ons sal dié as 'n privaat aangeleentheid moet hanteer, nié in die hoedanigheid van die weermag nie. Ons al drie het nog verlof oor, ek sal dadelik werk maak daarvan."

Ná Gustav gegroet het, sit Liam peinsend op sy balkon wat uitkyk oor die liggies van Houtbaai. Dit is donkermaan, sodoende kan hy net die branders se skuimmaanhare sien in die lig van die sterre en straatligte naby die strand.

Iewers in die blok woonstelle, is iemand besig om op 'n klavier te tokkel, dan begin die suiwer klanke hulle pad vind op die rug van die nagbries.

Hy luister met gemengde gevoelens na *Lisa se klavier*... 'n Stukkie musiek wat hom ver wegneem na 'n tyd vóór die verskriklike ongeluk in die see wat sy lewe omgekeer het.

AGT EN VEERTIG UUR LATER...

Die skril gelui van die voordeurklokkie ruk Liam uit 'n nagmerrie... So duidelik dat hy selfs die reuk van bloed kon ruik. Bloed wat skuimende teen die boot se kant saam met die deinings klots.

Wéér lui die voordeurklokkie, hierdie keer langer, aanhoudend. "Liam, is jy wakker?! Maak oop, dit is Gustav."

Vinnig pluk hy sy denim aan wat oor die voetenent van die bed hang. Sy oog vang die tyd op sy polshorlosie. Die groen fosforarmpies staan op 3:15. "Ek kom! Net 'n oomblik..."

Met rukkerige bewegings sluit hy die swaar kiaatdeur oop. "Kom in, het jy nuus?"

"Hel, ou maat, maar jy lyk sleg, het jy 'n laat aand gehad?" Gustav kyk na sy jarelange vriend, sien die deurmekaar hare, die trek van desperaatheid in sy grysgroen oë. "Wéér die nagmerries?"

"Ja, altyd dieselfde, oor en oor, maar genoeg van my. Slaap jy nooit? Kyk die tyd, normale mense slaap nog dié tyd van die oggend."

"Jý van alle mense behoort my te ken, ou maat, as ek op 'n saak is, is slaap van minder belang. My kontak het 'n halfuur gelede kontak gemaak. Daar is mos nie 'n tydsverskil tussen Suid-Afrika en Spanje nie. Ewenwel, dinge lyk nie goed nie..."

“Wat bedoel jy?”

“Daar word geen besoekers toegelaat nie. Ons sal op 'n ander manier moet kontak maak. Ek en jy vlieg 7:15 Barcelona toe, Sillas en Gawie volg later. Roer jou, ons moet twee ure voor die tyd op die lughawe wees.”

“Magtig, Gustav, kon jy my nie gewaarsku het nie, ek moet by my werk reël.”

“Met sulke goed, kan mens nie beplan nie, wanneer die tyd kom moet jy gereed wees. Jy weet dit mos.”

“Goed, gee my net tien minute.”

Terwyl Liam kledingstukke en ander benodigdhede in 'n drasak gooi, staan Gustav voor die groot sitkamervenster. Sy foon teen sy oor. “Jakop, ons is op pad, vlieg 7:15. Sorg dat alles reg is wanneer ons land.” Dan verbreek hy die verbinding, druk die foon in sy broeksak.

“Wie is Jakop?” Liam gooi sy sak op die sitkamerbank neer.

“My belangrikste kontak daar anderkant, hy reël alles vir ons. Nou kom, laat ons weg wees, jy kan later jou werk kontak.”

Presies om 7:30 lig die groot 747 van die Suid-Afrikaanse Lugdiens sy neus. Liam en Gustav leun terug in hul sitplekke, voel die krag van die enorme Rolls Royce enjins wat met brute krag die reus die lug instuur.

Dit is stil in die groot passasierskajuit. Hier en daar sit iemand na 'n fliek en kyk op die klein TV-skermpies wat gemonteer is in die rugkant van die stoel voor hulle. Liam kyk skuins na Gustav, dié sit met sy oë toe. Liam ken dié jarelange vriend van hom. Wanneer Gustav se toe oë is, is dit 'n teken dat hy dink. Diep dink.

"Gustav, is jy wakker of dink jy?"

"Ek dink, Liam, wat pla?"

"Die Jakop met wie jy gepraat het, is dit majoor Jakop Brand?"

"Einste, nadat hy herstel het van sy beserings tydens *SENDING: WOESTYNWOLF*, het hy sy ontslag geneem en hom in Spanje gevestig. Hy boer met olywe op 'n klein plasie in die Spaanse platteland. Hy het maar 'n rowwe tyd agter die rug. Die amputasie van sy been het hom hard geslaan. Ons het gereeld kontak, hoekom vra jy?"

"Ek vra sommer, geen spesifieke rede nie. Ek het by tye nogal aan hom gedink. Ook aan julle, was 'n sending wat ek nie sommer sal vergeet nie."

"Vergeet nou van daardie tyd, Liam, ons moet nou fokus hoe om Twanette uit haar situasie te kry."

Hoofstuk 6

**GUÁRDIA URBANA POLISIE-AANHOUDINGSELLE –
BARCELONA**

Anet Duvenhage klap Solita drie keer deur haar gesig.
'n Dun straaltjie bloed loop stadig tot op haar bo-lip.
"Stop your shit, Solita, I have warned you a couple of
times, but you just go on and on! If you do this kind of
shit one more time, I will tell senora Baptiste! She will
put you all in solitary for a month. Just leave the
woman alone... Capeesh!"

Solita Solero staan met haar hande op haar
abnormale groot heupe, kyk boosaardig na Anet.
"Keep blond shit away from us, I will kill next time!"

"Go to your corner, Solita, I'm getting pissed off
now."

Solita blaas soos 'n pofadder en al vloekende
skuifel sy en haar aanhangers na die vêrste hoek van
die langwerpige sel. "Te odio!" (Ek haat julle!)

Die nag het al ver gevorder, net 'n strepie flou lig van
'n sekelmaan skyn by die klein vierkantige opening bo

teen die dak van die sel in, gooi groteske skaduwees van die tralieversperrings teen die rou sementmure. Twanette sit met haar rug teen die koue muur, haar knieë oopgetrek. Vaagweg kan sy figure sien lê op die sementvloer. Sy ril innerlik. "Hoe de hel het ek in dié gemors beland?" Haar fluistering klink vir haar hard in die stilte van die sel.

Haar oog van 'n beweging. Met ingehoue asem hou sy die beweging dop wat vinnig naderbeweeg. Dan gil sy hard en deurdringend wanneer 'n groot bruinrot teen haar been probeer opklim.

Skielik is daar chaos in die sel. Almal praat en skel tegelyk. Die ligte gaan onmiddellik aan in die gang sowel as in al die selle. Wagte hardloop skreeuend met semi-outomatiese vuurwapens na die laaste sel in die stinkende gang. Die voorste wag met kentekens van een of ander rang skreeu vloekend op die vrouens in sel 25C.

"Guarda silencio!" Hy slaan boosaardig met sy geweerkolf teen die tralies van die sel.

Anet tree dadelik na vore. Beduie in haar beste Spaans aan die man dat die nuweling nagmerries het van koors.

Die man met rang kyk na Anet, lek sy lippe af. "You pretty, also the blond one."

"Fokkof, Spaanse-hond." Anet kyk met skrefies oë na die man. Lek ook oor haar lippe. Sy weet al teen dié tyd om nie hardegat te raak met die manlike bewaarders nie. Veral nie met een wat agter sy rang wegkruip nie. "Fokken pervert!"

"What you say, pretty one?"

Anet trek haar tronkuniform oop sodat haar regterbors ontbloot is. Sy weet dat dit die man gaan opklits, só kan sy die aandag van Twanette af kry.

Sy word naar wanneer sy sien hoe die wag met rang, sy gulp se rits aftrek. Sy kyk met afsku na sy manlike orgaan wat by sy broek uitsteek.

"You want?" Hy druk homself teen die tralies, bevredig homself met sy ander hand. Kyk met pikswart oë na Anet. "Next time…"

Anet bewe van kop tot tone. "Dêm, dit was amper! Verdomde gemors, as ek 'n mes gehad het…"

Sy stap na waar Twanette verslae teen die klam muur sit. "Jy moet jou maar probeer inhou en nie weer gil nie. Die rotte is nie gevaarlik nie, dit is die tweebeen rotte waarvoor ons moet pasop."

Vroegoggend die volgende dag, ná ontbyt van slap, grys brousels en flou, bitter koffie, bevind Twanette en Anet hul in die vierkant waar hulle vir vyftien minute 'n paar strekoefeninge kan doen. Sodoende kan hulle die stinkende tronksel vir 'n paar minute vergeet en die effe sonlig absorbeer wat deur houtbalke probeer skyn.

'n Netjiese vrou in 'n grysblou uniform, ook met rang, nader hulle stadig. Sy kyk kort-kort om, so asof sy nie gesien wil word nie.

Sersant Abigail Baptiste wink na Anet, beduie na 'n deur wat na binne lei. "Anet, vat die briefie en lees dit waar jy alleen is, kou dan die papier en sluk dit in. Ek sal weer later kontak maak. Miskien is daar 'n uitkoms vir julle, maar moenie daarop staat maak nie, dit is ''n groot miskien." Met dié woorde stap sy by die deur uit na 'n paar vroue wat in 'n hewige bekgeveg betrokke is. Sy weet as sy nie nou tussenbeide tree nie gaan bloed binnekort loop.

Waar Twanette steeds besig is om 'n paar strekoefeninge te doen, loer sy kort-kort ongesiens na die deur waar Anet en die vrou met rang 'n paar minute gelede verdwyn het. Haar gedagtes 'n mallemeule. Wat as? Sy ril by die gedagte wat by haar opkom. Sy sug verlig wanneer sy sien hoe die vrou in uniform weer by die deur uitglip en na 'n klomp vroue stap. Twanette gee 'n sug van verligting wanneer Anet te voorskyn kom en vir haar wink. Saam stap hulle na waar 'n klomp ander vroue saamdrom.

"Is jy in die moeilikheid, Anet? Wat wou die vrou hê?" Twanette se woorde raak weg in 'n grootskaalse gevloek en geraas wat nou erger raak onder die vroue. Die skril geluid van 'n fluitjie stuit altwee in hul spore.

"Kom ons loop terug selle toe. Die fluitjie het nou net hulp ontbied, en wat nou gaan volg gaan nie baie mooi wees nie. Die bewaarders het geen genade met hul knuppels nie."

Terug in die smerige sel, gee Anet vir Twanette die briefie. "Lees vinnig en gee terug. Niemand mag hiervan weet nie."

Twanette se oë rek wanneer sy die bewoording lees. Haar oë rek nog groter wanneer Anet die briefie in haar mond steek, kou en insluk. "Wat beteken dit?"

"Dat daar moontlik hulp op pad is om ons te bevry. Hoe, waar en wanneer is nie gesê nie. Jy het dit nou met jou eie oë gesien, en jou mond is gezip. Reg so? Tree van nou af so normaal as moontlik op. As daardie verdomde Solita en haar gespuis enige iets buite die gewone raaksien, is die hele ding in sy maai."

"Ek is gezip, by my sal niemand iets agterkom nie." Twanette voel hoe haar maag draaie maak van opgewondenheid. Oombliklik het sy 'n 'pokerface' toe die vrouens begin terugkeer na hul onderskeie selle. 'n Glimlag kielie net-net om haar mondhoeke wanneer Solita en haar aanhangers in die sel se hek verskyn. Onderlangs brom sy ongesiens in Anet se oor. "Lyk of die klompie deurgeloop het, te oordeel aan die bloeiende oogbanke."

"Moenie nou in Solita se rigting kyk nie, Twanette, daardie vrou is nou opgecharge, sy is nou tot enige iets in staat, selfs moord."

Hoofstuk 7

EL PRAT INTERNASIONALE LUGHAWE – BARCELONA

Gustav en Liam stap sonder moeite deur doeane. By die band wat die bagasie vervoer, wag hulle ook nie lank vir hul bagasie nie. Die lughawe is bedrywig, met 'n Babelse verwarring van allerhande tale wat 'n mengelmoes meebring.

Vakansiegees kom kielie Liam in sy kop. Sy gedagtes gaan terug na Twanette wat hier in hierdie einste lughawe in hegtenis geneem is vir die vervoer van dwelms. 'n "Dwelm-muil" soos dit bekendstaan. 'n Koue rilling gaan deur sy lenige gestalte wanneer hy verskeie polisiebeamptes sien, elk met 'n snuffelhond. Sy gedagtes kring rondom die feit dat sy ontsettend bang moes gewees het. Hyself is nou nie meer heeltemal op sy gemak nie. Hy kyk na Gustav wat vinnig met sy bagasie deur die skare beur. Skarrel dan haastig agterna.

Buite die lughawe is dit steeds 'n gestoei onder die reisigers om 'n huurmotor se aandag te trek. "Moet ek 'n huurmotor probeer naderwink, Gustav?"

"Nee, dit sal nie nodig wees nie. Kyk daar links van jou... Daar tussen die ander huurmotors wag ons saamrygeleentheid."

Liam probeer sy bes om hulle vervoer raak te sien, maar al wat sy oog nadertrek is 'n ou afgeleefde Volkswagen Kombi. Sy oog vang die man wat nonchalant teen die vuil modderskerm leun. "Magtig, Gustaf, dit is mos majoor Jakop Brand wat daar staan. Ek herken hom net aan daardie rooibruin hare van hom, verder is hy heeltemal onherkenbaar." Liam staar in ongeloof na Jakop Brand. Die baard en hare is ewe lank, reik net-net aan sy skouers, hy sien ook die effe verbleikte klere. Maar dat dit Jakop Brand is, is so duidelik soos daglig.

"Klim, ouens, en laat ons weg wees. Ons kan later by my plek groet, nou moet ons net wegkom. Ek pes hierdie gewoel van vakansiegangers, en locals wat enigiets aan hulle probeer afsmeer. My plek is so tien km buite die stad." Jakop Brand knipoog vir Liam. "Bly om jou te sien Reyneke..."

Vir praat op pad na die plaas tussen die berge van Barcelona, is daar nie sprake nie. Oorverdowende Flamenco musiek, plus die ou Volkswagen se enjin wat klink asof dit enige oomblik die gees kan gee, sorg dat praat heeltemal onmoontlik is.

Die landelike gebied van Barcelona laat die twee Suid-Afrikaners sprakeloos. "Ons kon netsowel in KwaZulu-Natal gewees het." Liam draai sy venster oop vir vars lug, maar deins verskrik terug wanneer 'n bol klein swartmuggies hom in die gesig tref. Sy oë, neus en mond infiltreer. "Sies, dêm..."

'n Bulderende lag, laat Liam vinnig opkyk. "Sien, Liam, dit is hoekom ek gesê het hou die vensters maar toe. Dié peste is seker op pad na die parsskure toe. Wetterse goedjies, dié olyfmuggies. Dê, vat hier en spoel jou oë, mond, ore en neus uit." 'n Twee liter plastiese bottel vol water word vir Liam aangegee.

Net voor die hitte onuithoudbaar erg raak in die Kombi, draai Jakop links af. 'n Groot bord met die naam *SLEEPING HILLS* dui aan dat hulle nou die plaas van Jakop Brand bereik het.

"Hier is ons, gaan maak julle solank tuis, ek gaan net gou 'n oog gooi by die parsery van die olywe." Met die woorde stap Jakop flink en vinnig na 'n geboutjie, wit gekalk en met 'n bruin bamboesdak.

Altwee staan verbaas in die deur van Jakop se woning. "Tipies Spaans, heerlik koel. Hel, die man het 'n goeie lewe hier." Gustav stap 'n groterige kombuis binne, skrik hom boeglam vir die vrou in tradisionele Spaanse drag, waar sy besig is om iets in 'n pot te roer.

Hulle kyk na die ronde vroutjie wat nou asvaal geskrik is. "Lo siento mucho!"(Jammer!) Gustav kyk skuldig na die vrou.

"Nie nodig om jammer te sê nie, ek is Lolita, aangenaam." Sy glimlag van oor tot oor. "Meneer Jakop het my geleer Afrikaans praat, ek werk vir hom."

"Nou toe nou! Aangename kennis, Lolita. Ek is Gustav en my vriend is Liam, ons is ou vriende van jou meneer Jakop. Jong, maar iets in daardie pot ruik heerlik, my maag grom nou behoorlik." Gustav neem die houtlepel uit Lolita se hand, skep 'n klein bietjie van die pot se inhoud en proe versigtig. "Maggies, maar dit is omtrent lekker!"

"Dit is amper etenstyd, meneer Gustav, kom ek julle kamers vir julle loop wys. Meneer Jakop sal nou-nou kom, dan skep ek op."

Ná 'n heerlike ete, sit die drie vriende elk met 'n glasie olyfbrandewyn in die hand. Die stilte van die omgewing is 'n verfrissende teenoorgestelde van Kaapstad. Net nou en dan is daar 'n vreemde voël wat wat raserig sy misnoeë te kenne gee vir 'n onbekende iets wat hom uit sy slaap gewek het.

Die Spaanse-nag is gitswart. Geen ligte is sigbaar vir omtrent vyftig kilometer nie. Net die skitter-flonker van 'n miljoen sterre en die Melkweg wat sy lyf blinkdof kronkel in die gitswart van die Spaanse hemelruim.

"Dis mos nou 'n gawe brandewyn, Jakop, een van jou eie uitvindsels?" Gustav smak sy lippe, gooi die laaste vloeistof in sy keel af.

"My eie, ja, en dit verkoop verbasend goed in ons naaste klein dorpie, Frías. Vir eers is dit genoeg, groter wil ek nie nou gaan nie. Liam, bring my op hoogte rondom die omstandighede van jou vriendin."

Liam sluk ook sy laaste voggies weg, maak keelskoon, en steek 'n sigaret aan. "Verskoon, ek het opgehou, maar die ding met Twanette het my weer laat begin. Daar is nie veel te vertel nie, Jakop. Ek ken haar nou 'n paar weke. Ons het op 'n baie ongewone manier ontmoet, en vriende geword. Sy is 'n dokter by 2Mil, pas geskei en met geen afhanklikes nie, behalwe haar ouers en suster. Sy het verlof geneem om weg te kom van ou herinneringe en 'n egskeiding wat pas afgehandel is. Dis gedurende daardie stadium wat ons ontmoet het, sy het my blyplek aangebied totdat ek weer op my voete was. Ek het ook toe maar pas uit my swerfjare gekom. In die Kaap beland, besluit ek gaan ophou swerf en daar nesgeskop..

"Die oorspronklike plan was dat sy vir twee weke hier in Spanje sou toer, en dan na Leiden in Nederland vlieg. Haar ouers en suster bly al die afgelope tien jaar daar. Ek het gisteraand op die nuus gesien dat sy gearresteer is vir die besit van dwelms en aangehou word.

"Eerlikwaar, ek kan instaan vir die feit dat Twanette Greyling niks met dwelms te doen het nie. Sy is nie daardie soort mens nie. Ek is honderd persent seker dat dit in haar reistas en handbagasie geplant is."

Jakop Brand vee sy rooibruin hare nog meer deurmekaar. Gooi ook sy laaste olyfbrandewyn in sy keel af. "Is jy honderd en tien persent seker dat sy onskuldig in die gemors beland het? Ek moet seker maak, dit verstaan jy tog, nè? Dit gaan nie maklik wees om haar daar uit te kry nie, dit moet almal verstaan. Ons gaan ons bes probeer om dit so stil as moontlik te doen, máár dinge kan skeefloop, en dan sal ons geweld moet gebruik."

"Ja, Jakop, ek is doodseker."

"Wat was haar nooiensvan?"

"Haar nooiensvan was Naudé. Haar gewese man, Jaco Greyling, is 'n luitenant in die Spesmagte."

Jakop staan op, strek sy lenige self en stap die huis binne. "Julle twee moet ook nou tot ruste kom. Môre sal ons strategie beplan wanneer Sillas en Gawie ook hier is. Lekker slaap, dit is baie lekker om julle weer te sien." Met dié woorde verdwyn Jakop buite sig.

"Maggies, hy is nog maar dieselfde. Mens sal nooit sê hy loop met 'n kunsbeen nie. Die man bly 'n fors om mee rekening te hou." Liam druk sy sigaretstompie in die klip-asbakkie dood. Staan ook op en loop die huis in. So oor sy skouer wens hy Gustav 'n goeie nagrus toe.

Jakop sukkel om tot 'n diep slaap te kom. Beelde van die skermutseling in Irak, wat hom sy been gekos het, skeur soos vlamme deur die onthou-lob van sy brein. Die ontploffing van 'n mortier omtrent reg voor die Mamba MK2 waarin hy en tien van sy manne was, het slag gevat, neus in die sand gesteek en 'n paar maal gerol. 'n Tweede mortier het die grootste skade aangerig. Almal het soos miere geskarrel na veiligheid... Toe die verdomde missiel!

Pyn was daar nie, nie op daardie stadium nie. Dit was eers nadat die noodhelikopter hom en die ander beseerdes na hulle kamp geneem het waar 'n goed toegeruste veldhospitaal was, dat pyngolwe soos vuur deur sy lyf getrek het. Vretend aan sy bo-been. Die res van die been was weg. Op daardie stadium was majoor Jakop Brand, bevelvoerder van Bravo 1, ten volle bewus van wat met hom gebeur het.

Vir twee dae het hy in en uit sy bewuste gesweef, maar altyd die blonde vrou in 'n Camo-uniform met 'n stetoskoop om haar nek langs sy bed gesien. Die morfien wat sy hom gespuit het, het die werk gedoen. Die dag toe hy per helikopter na 1 Militêre Hospitaal in Pretoria vervoer is, het hy vlugtig die naamplaatjie op haar uniform gesien. Dokter Twanette Naudé...

Nat gesweet en effe verwilderd sit hy regop, laat sy stompie en sy regterbeen oor die kant van die bed hang. In die vaalsilwer lig van die sterre wat sy kamer vol skemerte vul, val sy oog op sy prostese wat langs sy bedkassie staan. Spookpyne teister sy linkerbeen, koue sweet vorm druppels wat teen sy nek afloop. Vinnig sluk hy twee pynpille, steek 'n sigaret aan en lê terug teen sy kussings.

Sou dit een en dieselfde dokter wees wat met dwelms betrap is? Kan daar twee dokters wees wat blond is, met die naam Twanette Naudé? Óf is sy maar net 'n skim uit sy verlede? 'n Skim wat hom bygestaan het tydens die verskriklike beproewing wat hy beleef het?

Vrae sonder antwoorde vererger die pyn. Met mening blok hy die hele traumaties verlede uit sy geheue. Ná 'n paar minute skop die pynpille in, maar Jakop Brand bly onrustig in sy slaap.

Hoofstuk 8

Vroegoggend, met 'n vaal mistigheid wat laag oor Sleeping Hills hang, staar Jakop na sy beeld in die badkamer se spieël. Hy skrik effe wanneer 'n "onbekende" man met woeste rooibruin hare en baard na hom terugstaar. "Hel, Jakop, jy lyk kompleet soos 'n Hillbilly, geen wonder Gustav en Liam het ook maar niks gesê nie. Net in verbasing gestaar... Drie jaar, as ek reg onthou. Nee jong, nou ruk jy jouself reg." Hy glimlag effe deur sy baard vir die self gesels so vroegoggend.

Waar Liam en Gustav op die stoep sit, elk met 'n beker stomende koffie, kyk altwee in verwondering op toe die netjiese man in 'n donkerblou T-hemp en denim wat hom perfek pas sy verskyning maak. Altwee spring tegelyk op, salueer en gaan sit weer.

"Julle twee is nie snaaks nie, gehoor. Ek wou al lankal die hare en baard tem, so ouens, zip dit net. Gustav, sal jy die Kombi vat en vir Sillas en Gawie gaan haal? Hulle vlug land tienuur? Ek en Liam gaan solank deur ons arsenaal kyk. Goed bymekaarsit wat ons dalk mag nodig kry. Ek het 'n plan wat dalk kan werk, maar laat ons vir die ander twee wag."

GUÁDIA URBANA POLISIESTASIE

Anet Duvenhage luister na die sagte asemhaling van die blonde Suid-Afrikaanse vrou langs haar. Haar landgenoot, dalk haar redding uit hierdie helhool. Haar gedagtes vat haar vir 'n oomblik na haar tuisdorp, Port Edward. Sy dink aan haar ouers en broer, die onsekerheid wat in hul gemoedere moet wees, haar ma is juis nie gesond nie. En daar is geen manier om hulle te laat weet dat sy nog leef en gesond is nie.

Sy skrik wanneer Solita kliphard begin snork. Sy kyk op na die klein opening baie naby aan die dak van die sel. In die tyd wat sy hier in die stinkende sel is, het sy al die pad van die maan leer ken. Haar enigste aanduiding van tyd. Behalwe as dit donkermaan is, dan wag sy maar vir die eerste skemerlig wat 'n nuwe dag aankondig.

'n Maanstraal wat verby die eerste sport van die tralie-versperring begin loer, laat Anet onrustig beweeg. Sy weet dat daar nou enige nag of dag iets kan gebeur. As sy net geweet het, as sersant Abigail Baptiste net 'n boodskap wil bring. Anet voel hoe spanning in haar begin opbou, sy draai haar rug na Twanette, probeer haar lê kry op die verflenterde klapperhaarmatras. Vir 'n splitsekonde sien sy die beweging van 'n flits se dowwe lig wat teen die gang se mure speel.

Inspeksie! Wagte wat kom kyk of almal slaap, en dat daar nie onwettig handelgedryf word onder die vrouens nie. Iewers is daar maar altyd 'n bewaarder wat dagga of sigarette insmokkel vir die vrouens. Nie verniet nie – altyd met betaling van hul lywe.

Met 'n ingehoue asem hou Anet die flitslig se dowwe liggie dop. Haar hart slaan twee slae oor toe die lig by hul sel stop. Twee maal word die lig aan en af geskakel.

Abigail Baptiste roep saggies na Anet, bly dan stil om te hoor of ongewenste ore iets opgetel het. Baie stil beweeg Anet verby die slapende figure, bereik die traliehek sonder dat iemand wakker word.

"Dis tyd, hou julle gereed. Die hele ding gaan in daglig gebeur, sorg dat jy en die ander Suid-Afrikaner in die omgewing van die kombuis is. Improviseer, was vloer of skrop iets... Julle sal deur iemand gelei word wat om te doen. Wees net gereed! Sterkte, Anet, ek hoop van harte julle kom reg." So stil soos muise beweeg altwee weg van mekaar. 'n Opgewondenheid bruis deur Anet, maar sy weet ook dat as hulle gevang word, wag die doodstraf op hulle. Stil kruip sy weer langs Twanette in, kyk na die strepie maan wat nou by die laaste staalsport van die versperring is. Dan maak sy haar oë toe.

SLEEPING HILLS

"Is julle gereed, manne? Ons gaan nie oorhaastig wees nie. Jakop se mense sal so om en by twaalfuur met 'n rooi vragmotor na die polisiestasie ry. Die dromme vol oorskietkos wat by die restaurante bymekaargemaak is, is reeds vol en op die bak gelaai. Hel, wat 'n stinkende gemors, nie eers ons varke in Suid-Afrika sal dit vreet nie!

"Soos Jakop verduidelik het, sy manne weet wat om te doen. Dit het baie oorreding en genoeg Euro's gekos om die kontrakteur wat die kos tronk toe vervoer, omgekoop te kry. Wanneer die vragmotor terugry ná sy vrag afgelaai is en deur die laaste hek gaan, is dit ons beurt vir aksie.

"Ás daar probleme aan ons kant kom, vermy 'n geskietery so ver moontlik. Sillas, het jy gereël vir vliegtuigkaartjies? Ons moet ná die ontsnappingspoging so gou moontlik wegkom. Ons wil nie die Spaanse weermag en polisie op ons nekke hê nie. Ons kom weer by Sleeping Hills bymekaar, julle ken julle werk, manne, beweeg ongesiens. Onthou nou, by die brug op pad na Jakop se plaas sal 'n drywer wees in 'n voertuig. Hy sal van Jakop se manne oplaai wat behulpsaam was, niemand gaan opgelaai word as hulle nie die kodewoord gee nie. Die kodewoord is *Flamenco*, dit geld nou net vir Jakop se manne. Ons bly bymekaar."

Gustav groet elkeen van hulle met die hand. 'n Ou gewoonte van hom wanneer hulle op 'n sending vertrek. "Nou toe, weg is ons!"

GUÁRDIA URBAN POLISIESTASIE

Solita Solero is weer haar ou "vriendelike" self. Loop soos 'n beer met 'n seer poot (of eerder oogbank) deur die beknopte sel, skop Twanette drie maal hard in die ribbes. "Come, white perra! (bitch) You take my mattress; you sleep on it. I take yours, I pissed on mine in night" Sy pluk Twanette aan haar hare orent, maar word gestuit in haar afknou-poging met 'n linkerhaakhou wat haar laat steier. Met 'n plofgeluid slaan Solita Solero op die vuil sementvloer neer, hou altwee haar hande oor haar regteroog en neus waar bloed vinnig oor haar mond begin stroom.

"Bitch!" Wankelrig kom sy oorent, staan vir 'n oomblik gebukkend, dan storm sy op Anet af.

Anet was dit te wagte en systap vir Solita, dié verloor haar balans, slaan soos 'n os neer en bly lê. Haar trawante maak spore tot in die vêrste hoeke van die sel. "Quédate dondo estás." (Stay where you are.)

Sy vat Twanette aan die arm. "Kom ek help jou, dit was 'n paar harde skoppe, jy is doodsbleek, Twanette. Ons moet na die kombuis gedeelte beweeg, gryp 'n mop en 'n emmer. Ek het jou nog nie gesê nie, maar een of ander tyd vandag gaan iemand ons uit hierdie hool kom haal. Volg my net, en doen presies wat ék doen."

Twanette voel hoe opgewondenheid die geweldige pyn ligter maak. "Dankie Vader, U het my gebede verhoor." Twanette snak na haar asem, vou haar arm om haar ribbekas. "Anet, ek vermoed een van my ribbebene het gebreek of gekraak met daardie skoppe, die pyn is geweldig."

Elk met 'n emmer en 'n mop, was die twee vrouens die vloer voor die kombuis. Twanette is kortasem en voel of sy kan beswyk van pyn, maar met krag van iewers hou sy aan met skoonmaak. Wagte loop by hulle verby sonder om enige aandag te gee.

'n Man met 'n voorskoot en wit haarnet wink hulle nader. "Clean up here." Sy stem bulder die kombuis vol. Hy buk om 'n los veter vas te maak, kyk na Anet en fluister skaars hoorbaar: "Go to the receiving area where the food is delivered. A guy in a blue overall will help you there. Just be quick and quite!"

Al wassende aan die smerige kombuisvloer, beweeg die twee na waar goedere afgelaai word. '

'n Man tel twee leë dromme op die bak van die vragmotor. "Now you must be quick! Climb into the drums, make yourself as little as possible, just two more, then we are going."

Vinnig en sonder aarseling klim altwee op die vragmotor se bak en dan elk in 'n drom. Die stank is amper onuithoudbaar. Twanette voel hoe haar ingewande saamtrek, naar spoel geluidloos oor haar lippe. Minute vóór die vragmotor vertrek, word 'n klomp vrot skille op hulle gegooi.

Anet hoor hoe stik Twanette, dan maak sy haar oë toe en bid saggies. By die eerste en tweede hek ry die vragmotor sonder enige probleme deur. In 'n leegte in die pad, omtrent 'n kilometer van die laaste hek af, stop die vragmotor. Altwee vrouens voel of hulle aan 'n hartstilstand gaan beswyk... Min wetende dat Gustaf Minnaar en Jakop Brand nou oorgevat het.

Altwee spring op die vragmotor, krap die vrot skille weg. "Kom, nou moet ons gou maak." Hulle help die vroue af. Terselfdertyd stop 'n paneelwa voor hulle. Sillas, Gawie en Liam kom aangehardloop. Sonder seremonie tel hulle die twee op en boender hulle in die paneelwa, waarna hulself inklim.

Gustaf en Jakop spring voor in, jaag met 'n geweldige spoed weg. Na 'n paar minute, draai hulle af in 'n nou grondpad wat duidelik selde gebruik word.

Hier het nou iets gebeur waarop nie een van hulle voorbereid was nie? 'n Tweede persoon. Sillas kyk na die rooikopmeisie, sien die bleek gesig en donker kringe onder haar oë. "Ek was onder die indruk dat dit net een vrou is, nou is julle twee. Wie is jy, Juffrou? En wat het met Twanette gebeur?"

'n Vuil hand met gebreekte vuil naels word na hom uitgesteek. "Anet Duvenhage, bly te kenne. Maar los eers die vrae, Twanette het seergekry. Een van die gevangenis waarmee ons 'n sel gedeel het, het haar bygekom en geskop, gee eers aandag aan haar. Ek sal later verduidelik waar ek in die prentjie pas. Al wat ek vir julle sê, ek is dankbaar, baie dankbaar om daar uit te wees, en nee, ek is nie 'n krimineel nie. Ek is deur dieselfde as Twanette, net ek sit al tien maande in daardie vrot plek. Ek het so gebid, gewens daar moet uitkoms kom, en toe kom Twanette..."

Liam doop sy sakdoek in water uit 'n vyf liter kan, vee oor Twanette se gesig. Met sy kennis van noodprosedures kan hy sien dat iets erg met Twanette verkeerd is. "Jakop, iets is verkeerd hier, jy is 'n medic, jy sal moet help. My bietjie kennis sê vir my Twanette het 'n rib gekraak of gebreek. Dalk meer, al die simptome is teenwoordig. Van al die ontbering daarby, het sy haar bewussyn verloor. Haar vitals is goed, behalwe vir die vlak asemhaling en grysblou van haar vel.

Jakop voel hoe 'n yskoue hand om sy hart vou. Is dit die 'pay it forward' waarvan mense praat? Dat hiérdie, die geleentheid is om háár weer te help? Hy het haar herken die oomblik toe Gustav hulle die twee vrouens in die paneelwa gelaai het.

Sy onthou klim nou heeltemal uit die onthou-lob, al was hy die meeste van die tyd onder sterk verdowing ná sy been net bokant sy knie geamputeer is. Hy onthou die helder grys oë, die lang, donker wimpers wat bokant die chirurgiese masker uitgesteek het. Grys oë wat tot binne in sy gelouterde siel gekyk het. Hy onthou die nuances van 'n blommegeur wat haar omring het, al was daar reuke van bloed en dood in die veldhospitaal se tentteater.

"Jakop, ek praat met jou maat, waar dwaal jou gedagtes?" Liam sien die mistigheid in Jakop se oë. Geelbruin oë wat hom altyd aan die van 'n leeu laat dink. Oë wat dwarsdeur alles kan kyk, wat jou laat kriewel. 'n Rilling van iewers af, hardloop skielik teen sy rug af.

"Jammer, Liam, ek was net vir 'n oomblik ingedagte, gedink hoe om Twanette te help. Ons moet vinnig op die plaas kom, hospitaal is nie nou 'n opsie nie. Ons kan daar in die polisie vasloop. Die ontsnapping is seker teen die tyd al ontdek."

Die middagson skyn fel. Die uitspansel is blouselblou, met 'n ligte bries uit die Apennines bergreeks. 'n Heerlike geur van berglelies hang die lug vol; afkomstig uit die vallei waar hierdie seldsame lelies blom, nie ver van die huis in Spaanse styl nie.

In die effense skemerte van 'n kamer keurig gemeubileer in Spaanse styl, maak Twanette haar oë oop. Sy voel die stywe verband om haar ribbekas. Versigtig beweeg sy haar kop, kyk in verwondering na die kamer waarin sy haar begeef. Dan gewaar sy vir Anet, dié sit pens en pootjies op 'n breë vensterbank waar handgeweefde growwe binnegordyne spatsels sonlig binnelaat. "Anet..."

"Jy's wakker! Ai, danke tog. Jakop het jou 'n baie sterk inspuiting gegee. Gesê jy moet rus, drie van jou ribbes is net erg gekneus, maar jy sal oorleef. Twanette, ons is veilig, weg van daar helhool! Dis is wonderlik, nè? Wag ek roep gou die ander, Liam brand om jou te sien."

Anet, wag! Wie is die 'ander' waarvan jy praat?"

"Hou jou in, jy sal nou-nou uitvind." Met 'n huppelstappie verdwyn Anet buite sig.

Hoofstuk 9

Twanette staar na die lang, forsgeboude man met rooibruin hare wat in die deur verskyn. Haar gedagtes gaan vir 'n vlietende sekonde terug na die veldhospitaal in Irak. Beelde van 'n soldaat met rooibruin hare, 'n soldaat wat ernstig beseer is. Sý wat saam met een ander dokter die nodige in 'n veldhospitaal moet doen, skeur deur haar geheue. Hoe is dit enigsins moontlik? Met moeite trek sy haarself regop teen die rooi en blou geweefde kussings. "Ek ken jou mos, óf misgis ek my?"

Jakop Brand kom huiwerig nader. 'n Intense konneksie is skielik tasbaar oral in die kamer. "Dokter Twanette Naudé, ons ontmoet weer. Wéér onder omstandighede waartoe nie een van ons beheer het, of gehad het nie. Jakop Brand, aangename kennis."

Die atmosfeer in die kamer is skielik swanger van stilte toe Liam Reyneke in die deur verskyn. "Twanette, wat 'n belewenis moes jy nie deurgemaak het nie, so ook jou vriendin Anet. Ek is net bly ons kon julle daar uitkry."

Stemme in die gang trek Twanette se aandag. Sy kyk na die drie mans wat in die deur verskyn. Gustav stap eerste tot by die bed. "Ons is baie bly jy is nie ernstig beseer nie, kom laat ek jou voorstel: Ek is Gustaf, en my twee vriende is Sillas en Gawie. Liam het ons om hulp gevra toe hy op TV-nuus gesien het jy is gearresteer vir dwelms.

"Die realiteit is; jy en Anet is sonder identifikasie en julle het ook geen paspoorte nie. Met ander woorde, julle is nou onwettig in Spanje. Julle is ook op die polisie-stelsel, só julle is nog nie heeltemal veilig nie. Gelukkig ken Jakop die regte mense by die Suid-Afrikaanse Ambassade in Barcelona. Dit behoort nie lank te vat vir die nodige tydelike dokumente nie. Die geluk by die ongeluk is dat nie een van julle twee al gevonnis is nie. Ons kan daarmee werk."

"Jakop, is daar nie 'n manier om ons bagasie te bekom nie, aangesien jy kontakte hier in Barcelona het? Suid-Afrika is nie nou vir my 'n prioriteit nie. My ma-hulle verwag my in Leiden, hulle is seker dood van bekommernis, en Anet se ouers ook."

"Ek belowe niks, maar ons sal kyk wat ons kan doen. Nou moet jy rus kry, sodat daardie ribbebene gesond kan word. Lolita sal jou aandete netnou bring, sy en Anet kan jou help om te was, ensovoorts." Met dié woorde stap Jakop asook die ander by die kamer uit.

Twanette glimlag vir die koddige, ronde vroutjie in tradisionele Spaanse drag. In geradbraakte Spaans, probeer sy verduidelik wat Lolita vir haar moet doen. Met verbasing kyk die twee vrouens na Lolita toe dié in heel verstaanbare Afrikaans met hulle begin gesels. "Toemaar, senorita's, moenie so verbaas wees nie, meneer Jakop is 'n goeie leermeester. Nou moet julle twee skoon kom, julle ruik pure tronk." Lolita giggel vir haar grap en waggel na 'n pragtige en-suite badkamer. "Catalina, dis nou my middelste dogter, het gou Frías toe gegaan. Vir julle klere en skoene loop koop, sy is omtrent julle grootte. Daardie tronkklere is altevol lelik, gaan bad jy solank, senorita Anet, ek sal vir senorita Twanette help. Daar is shampoo en alles wat jy mag nodig kry. Kom tog net skoon, julle altwee lyk alte onaardig!"

"Lolita, help my net, ek sal op my knieë in die bad staan sodat die verband droog kan bly, maar ek wil die warmwater en lekkerruik borrels voel."

Soos twee jong kinders geniet altwee die luukse van 'n warmbad met lekkerruik skuimbolle. Vir baie lank was dit vir Anet koue water en tronkseep wat na varkvet geruik het. Hierdie is 'n luukse en kry 'n gemaklike en welverdiende 10 +.

'n Sagte klop en die sagte stem van Lolita, onderbreek die lawwe gegiggel. "Julle klere, senorita's, ek hoop net dit pas mooi. In die badkamer is 'n haardroër, sien julle netnou."

Die klere wat Catalina gebring het, is tipies Spaans. Kleurvolle knielengte wye rompe met wit pofmou bloese en plat leersandale. Catalina het vir gesigroom en lekkerruik goed, asook nagklere en onderklere gesorg. Ook die baie belangrike items, tandepasta en borsels. Daarvoor is die twee vrouens haar innig dankbaar.

Die mans is al aan die etenstafel, elk met 'n glasie olyfbrandewyn, toe die twee vroue ingestap kom. "Mensig, maar julle lyk eintlik skitterblink gewas. Twanette, jy hoort in die bed." Gustav maak sy stem effe dik, kyk gemaak kwaai na altwee. Net Jakop sprak geen sprook. Sy geelbruin oë peinsend op Twanette.

Presies om elf, begin Jakop se twee wolfhonde, Lexsus en Lexie, onrustig blaf. Die blaf sit oor in knorgeluide. En Jakop wéét dat moeilikheid op sy drumpel is.

Vinnig pluk hy sy denim aan, loop vinnig na Gustav se kamer. "Hier's moeilikheid, ek dink dit is die polisie. Onthou nou die dril, kry die dames. Ek het al vir Lolita vroeër verduidelik wat om te doen sou so iets gebeur. Die kelder is goed ingerig."

"Politzai, open up!"

Jakop voel hoe sy hart ritmies vinniger begin klop. "Nou toe, Brand, hou jou in en wees super kalm."

Tydsaam sluit Jakop die groot houtvoordeur oop, terselfdertyd tyd skakel hy die stoeplig aan. Voor hom staan vyf polisiemanne in uniform.

"Good evening, Captain, something I can assist you with?"

"Just routine, señor Brand. We are looking for two woman who escaped this morning."

"Come in, Captain, can I get you guys some coffee or water?

"No thank you, señor Brand, take my card, and if you notice something, let me know."

"Will do, Captain, I will surely do."

Jakop wag totdat die ligte van die twee voertuie verdwyn voor hy die voordeur sluit en die ligte afskakel. "Dink jy hy is agterdogtig?" Gustav kom uit die donkerte van die woonvertrek te voorskyn, steek sy pistool agter by sy denim in.

"Ek dink nie so nie, maar nou sal ons versigtig moet wees. Ek sal die eerste twee ure skof vat, dan julle tot die son opkom. Môre moet ons alles afhandel. Julle en Anet moet terug Suid-Afrika toe, en Twanette moet op 'n vlug Nederland toe kom. Hulle kan ook môre met hul ouers praat. Ek het 'n 'burnerfoon' wat ek dan dadelik met simkaart en al sal vernietig. Ons kan nie nou kanse vat nie, die verdomde polisie ken my. Ons het al heelwat gebots."

Die oggend breek grou. Reënwolke hang laag oor Sleeping Hills, kort-kort sak 'n sagte bui reën uit. Twanette kom hinkepink uit haar en Anet se kamer, loop haar trompop in Jakop vas. "Gompoering! Skrik ek my nou uit my bloedgroep. A, nee a, Jakop, man!" Sy steier, verloor haar balans en val letterlik en figuurlik in Jakop se arms. Vir sekondes wat soos ure voel, staar altwee na mekaar. Geelbruin en grys kyk diep, diep tot in die verste hoeke van die vensters van die siel.

"Twanette..."

"Jakop..."

Iewers in die huis gaan 'n deur krakend oop... Die magiese oomblik is vir altyd verlore.

"Twanette, hoort jy nie in die bed nie?" Liam kyk na die twee in die gang. Hy voel die atmosfeer, en besef dat hy nou op iets afgekom het wat hom glad nie aanstaan nie. Inteendeel, hy verpes dit.

"Môre vir jou ook, Liam. Nee, ek is oukei, wou net gou kombuis toe. Ek het 'n groot lus vir koffie, kom julle twee, ek sal maak."

"Dankie, Twanette, maar ek moet wikkel, Nege-uur het ek 'n afspraak met die Suid-Afrikaanse Ambassadeur. Hopelik kry ek julle tydelike dokumente, van die bagasie is ek nie heeltemal seker nie, maar ek sal probeer. Liam, jy en Gustav, asook Gawie en Sillas is mos geboek vir vanaand se elfuur nagvlug? Anet sal moet wag, ek kan eers 'n vliegkaartjie koop as ek haar dokumente het. Dit geld vir jou ook, Twanette."

Liam is op die plek briesend kwaad vir Jakop. Hy besef dat hul vliegkaartjies al 'n tydjie terug bespreek is, maar die feit dat Twanette vir eers moet agterbly, is vir hom 'n groot néé. Hoekom, vra hy homself af? *Dit is mos voor die hand liggend, Liam, jy is verlief op Twanette...* Hy dwing die stem in sy kop tot stilte. "Genade, ek het nog nooit so daaraan gedink nie."

"Waaraan het jy nie gedink nie?" Twanette skuif die geurige beker koffie oor na hom, syself gaan sit op 'n hoë stoel, rus haar elmboë op die oppervlak van die ontbythoekie se tafel.

"Ek't sommer hardop gedink." Hy proe aan die warm koffie en staar deur die kombuisvenster. *Skielik het alles verander, en dit net deur 'n stem in my kop. Volgende keer maak ek seker dat ek nie weer hardop antwoord op my gedagte se stem nie.* Die woorde verlaat nie sy mond nie, maar tog loer hy na Twanette, net om seker te maak dat sy niks gehoor het nie.

Daardie selfde middag bring Jakop goeie nuus én slegte nuus. Ná 'n heerlike dis wat Lolita opgetower het, sit die klompie onder die fluitjiesriet veranda. Die geur van die lelies in die vallei is selfs sterker in die aandlug. "Nou toe, Jakop, praat. Ons het twee ure om op die lughawe te kom vir ons vlug terug Suid-Afrika toe. Ek gaan die olyfbrandewyn van jou mis, maat." Gustav ruik aan sy leë glas. "Die brandewyn het ook 'n besondere aangename geur."

"Ek het die tydelike dokumente, ook sommer julle vlugte bespreek. Máár ongelukkig nie die bagasie gekry nie. My vriend die ambassadeur, raai ons ook aan om nie nou te karring oor die bagasie nie, dit kan net steurings veroorsaak. Só, Twanette, dalk kan jy by jou assuransie 'n eis insit. Anet, joune is natuurlik weg, jy verstaan dit, nè?"

"Nou vir nog 'n verrassing; bel gou julle ouers. Die tydsverskil is net sowat bietjie meer as 'n uur vir Suid-Afrika en gelukkig vir jou, Twanette, is daar geen tydsverskil nie. Hier is die foon, hou julle gesprekke maar kort."

Die mans sit kopondersterbo en luister, elk met 'n knop in die keel by die aanhoor van trane en blydskap tegelyk.

Gustav staan traag op. "Goed, dan is dit ook afgehandel. Is julle gereed? Ons huurmotor sal nou hier wees. Jakop, dit was goed om weer saam aan 'n sending te werk. Ek is bly alles het goed afgeloop."

Gustav, Gawie en Sillas sit hul rugsakke op die trap neer, steek vir oulaas 'n sigaret aan.

"Waar is jou sak, Liam?" Jakop kyk na Liam wat nog steeds met toe oë teen die rottangstoel se rugleuning leun.

"Ek bly. Het jy 'n probleem daarmee, Jakop?"

Die atmosfeer op die stoep is skielik elektries belaai. Jakop hoor die aggressie in Liam se stem. *Hier sal jy nou moet fyn trap, Jakop Brand.* Die woorde vorm in sy kop, maar verlaat nie sy mond nie.

Maar soos altyd, in alle situasies, tree Gustav Minnaar na vore. Nié as vriend hierdie keer nie, maar in sy bevelvoerder-kapasiteit. "Liam, ek soek nie nonsens nie. Ek is die bevelvoerder van dié sending, só kry jou gat in rat en kry jou gear. Jy behoort nog te onthou om my bevele te gehoorsaam."

Liam spring regop, aggressie duidelik sy grysgroen oë. "Jy maak 'n fout, Minnaar, jy mag die bevelvoerder wees, maar ék is nie meer een van jou troepe nie. Lank terug, voor die ongeluk in die see, was ek deel van julle, tóé kon jy my hiet en gebied. Nou nie meer nie, só f-off..."

Twanette en Anet kom van binne die huis na buite gestap, net betyds om Liam se laaste woord te hoor.

"Wat gaan nou aan?" Dit is nou nie net die koue windjie vanaf die vallei nie, maar ook die ysigheid tussen Liam, Gustav en Jakop wat hoendervel op Twanette se arms laat uitslaan.

"Ek bly, ek gaan nie terug Suid-Afrika toe nie. Ek gaan saam met jou Leiden toe, Twanette, het jy 'n probleem daarmee?" Aggressie is nog steeds in Liam se houding, en dít maak Twanette woedend verby.

"Liam, ek het nou genoeg gehad. Jy kry jou agterent op daardie vliegtuig, ek het nie lus vir nonsens nie. Ek wil nou net by my ouers en suster kom, hierdie hele traumaties affêre agter my sit. Ek ken jou mos nie so nie, wat gaan aan met jou, Liam Reyneke?"

"Jy behoort aan my, Twanette, ek los jou nie hier alleen nie. In die Kaap het ek al besef jy is meer as net 'n goeie vriendin. Ek het gedink jy voel ook so."

"Liam, natuurlik is jy 'n spesiale vriend. Onthou, jy het my uit die see gered. Jy gaan nou terug, en ek gaan Leiden toe. Wanneer ek terug in Suid-Afrika is, dan praat ons oor alles. Onthou jy het nou ook 'n werk en 'n woonstel waarna jy moet omsien. Asseblief, Liam, ek wil nie hê ons, en jy en jou vriende, moet kwaad uitmekaar gaan nie. Daarvoor is ek en Anet té dankbaar dat julle ons gered het uit daardie vieslike stinkende helhool van 'n tronk."

Met Twanette se laaste woord, kom die huurmotor met die hobbelsteenpad opgery na die huis. "Goed, ek sal teruggaan. Maar ons praat wanneer jy terug is in die Kaap." Liam vlieg op en storm die huis binne.

Jakop stap agter Liam aan tot in die kamer waar hy geslaap het. "Liam, bedaar ou, ek jaag jou mos nie weg nie, ek dink net dit is tyd dat julle terugkeer huis toe. Die sending is mos nou afgehandel."

Liam gryp sy rugsak, storm verby Jakop. Sonder om enige een te groet of om te kyk, klim hy die huurmotor.

Ná die motor se rooi ligte al vir 'n hele ruk nie meer sigbaar is nie, is daar steeds 'n stilte op die stoep. Al klank is die bries wat nou ietwat sterker is, die bome se blare deurmekaar vroetel wat 'n geritsel

meebring, en hier en daar 'n slapende voël wek. Dié
protesteer vaak, sluimer dan weer in.

Hoofstuk 10

'n Sagte klop aan die kamerdeur laat altwee vroue vinnig orent kom. Twanette kreun van die vinnige beweging. "Binne."

"Is maar net ou Lolita, senoritas. Is nog baie vroeg, maar meneer Jakop het gesê Lolita moet julle help. Catalina het weer 'n paar goedjies vir julle gaan kry. Julle kan darem nie so met gister se klere op die aeroplane klim nie. Gee julle wasgoedjies, Lolita was dit gou en sit dit in die tuimeldroër. Was nou gou julle gevreetjies, dan trek julle skoon aan. In die een kardoes het Catalina vir julle elkeen 'n mooi pruik, sonbrille en mooi serpies gesit. Die pruike is nodig, het meneer Jakop gesê; ons weet nie of daar iemand van die politzai is wat daar op die lughawe rondkyk nie. Julle moet maar roer sodat julle nog kan eet. Meneer sê julle altwee se vlugte vertrek om elfuur."

Nuuskierigheid kry die oorhand. Versigtig word die pragtige bont rompe en wit kantbloese op die bed oopgesprei. Die pruike laat altwee al giggelend in die rondte draai.

"Rooi en swart nogal. Anet jy moet maar die swart pruik vat, ek gaan nou die rooikop wees. Moet sê, die pruike is van 'n baie goeie kwaliteit, so ook die res van Catalina se inkopies. Alles moes Jakop 'a pretty penny' gekos het. Ek sal hom terugbetaal sodra ek in Leiden aankom. Sal by my pa geld leen, want nou is my bankkaart ook daarmee heen."

Anet gryp Twanette om die nek. "Ek gaan jou mis, jy moet onthou om my jou ma hulle se foonnommer te gee. Ons moet kontak behou, en baie dankie dat jy op die mees kritieke tyd in my lewe ingestap het. Jy het my lewe gered, Twanette, ek sal dit nooit, ooit vergeet nie."

Net voor sewe stap twee bekoorlike Spaanse dametjies die kombuis binne. "Ja toe, Jakop, maak toe jou mond, ek het hoeka netnou brommers hoor zoem." Anet draai in die rondte, maak 'n kniebuiging. "Tot u diens, señor Brand."

"Julle is vreemd, baie vreemd!" Jakop en Lolita staar verstom na die twee vrouens, bars dan uit van die lag. "Ek móét toegee, julle is totaal onherkenbaar. Lolita, wat dink jy?"

Lolita slaan haar hande saam, loop rondom elke vrou. "Hermosas damas!" (Pragtige dames)

"Inderdaad, Lolita, inderdaad" Is julle goedjies bymekaar? Sodra ons klaar geëet het, ry ons. Ek gaan julle 'n entjie van die hoofingang van Internasionale vlugte aflaai. Hou julle dokumente gereed by doeane, en tree so normaal moontlik op. Ek het twee persone wat na julle sal omsien. Ongesiens natuurlik. Nie eers julle sal weet nie, net tot julle aan boord gaan en die vliegtuie in die lug is.

El Prat Internasionale Lughawe is onrusbarend bedrywig. Dit wek 'n bekommernis by Jakop. "Alles sal reg wees julle twee, tree net natuurlik op. My manne is gereed vir enige gebeurlikhede, reis veilig, en dit was vir my 'n voorreg om jou wéér te sien, dr Naudé, en vir jou ook, Anet." Jakop voel 'n onrustigheid in sy nek kriewel.

"Dankie vir alles, Jakop, ons altwee waardeer wat julle gedoen het. Miskien is daar eendag 'n geleentheid vir ons om weer iets vir julle te doen." Twanette plak 'n soentjie op Jakop se wang, klim uit die sandkleurige Toyota Cruiser.

Ook Anet volg Twanette se voorbeeld en soen Jakop liggies op sy wang. "Mooi loop, Jakop, en dankie."

Jacob Brand kyk die twee vroue agterna tot hulle in die menigte verdwyn. Stadig neem hy 'n afrit wat hom minute later weer op die pad bring na Sleeping Hills. "Nóg 'n sending suksesvol afgehandel."

Is jy seker dit was net 'n sending, Jakop? Jou hart praat 'n ander deuntjie. Ek ken jou, want ek is jy, Jakop. Jy praat van 'n sending – dít is die soldaat in jou... Die binne-Jakop, se hart praat die taal van 'n volbloed man. 'n Man wie se konstitusie deurmekaargekrap is deur 'n blondekop dokter. Jy weet ek is reg, Jakop, ek praat die waarheid, want ek is jy, ek is jou hart.

Jakop Brand vee die sweet uit sy oë, kyk op sy horlosie. Halftwaalf, en nog geen alarm deur sy manne nie. Hy draai met 'n sug by Sleeping Hills se afrit in.

Twanette weet dat haar reis met KLM se Boeing 747 twee ure en 5 minute gaan duur. Dié het sy by die vriendelike lugwaardin uitgevind. Die opgewondenheid om haar ouers weer te sien, maak 'n hol kol op haar maag. Sy wink die waardin nader. "Kan ek asseblief tee en 'n beskuitjie kry? Ek is skoon duiselig van hongerte en opgewondenheid."

"Sekerlik, Juffrou, maggies maar dit is lekker om Afrikaans te hoor." Die blonde waardin in die blou KLM-uniform kloek nou behoorlik. "Ek bly in Amsterdam, seker bykans tien jaar. Ek is ook van Suid-Afrika."

"Ek bly in Kaapstad, nou gaan ek vir my ouers en suster kuier in Leiden. Ek is só opgewonde!"

"Nou toe, rus 'n bietjie, ek sal jou kom wakker maak." Die blonde lugwaardin glimlag, begin om ander passasiers by te staan.

Van spanning raak Twanette gou aan die slaap. Sy leun met haar kop in die hoek waar die venster en sitplek bymekaar kom. Die blinder het sy effe toegetrek, gelukkig is daar nie 'n passasier langs haar nie.

Twanette se droom laat haar glimlag. 'n Droom van kleintyd op oupa Peet Meintjies se plaas. Sy huppel tussen die groen wingerde van Zonnebloem. Skielik is daar twee mans in die droom, een blond die ander een met rooibruin hare. Die gesigte is te vaag om iemand te herken, maar tóg, dit is mense wat sy weet sy ken, of behoort te ken.

Twanette skrik met 'n ruk wakker. Turbulensie pluk die vliegtuig so hewig rond, dat die geel suurstofmaskers uit die kajuit se plafon tuimel. 'n Stem oor die luidspreker maan die passasies om hul sitplekgordels vas te maak. Vinnig skuif sy die blinder weer op, kyk by die klein kajuitvenstertjie uit...

Vir 'n sekonde voel dit of haar hart wil gaan staan wanneer sy die effense rokie by die een enjin sien uitborrel. 'n Beklemming neem in haar wese plaas. "Nóg moeilikheid, het ek nie nou al genoeg gehad nie? Hoekom agtervolg hartseer en moeilikheid my gedurig?"

Wéér die stem oor die luidspreker wat die passasiers waarsku dat daar moeilikheid met 'n enjin is, máár dat hulle feitlik by die Schiphol Internasionale Lughawe in Amsterdam is.

Twanette weet nie veel van vliegtuie af nie, maar wanneer sy weer by die venster uitkyk, voel dit of 'n ystervuis haar hart inmekaardruk. Sy sien die aanloopbaan, máár sy sien ook dat die vlerk aan die regterkant van die romp waar sy sit, heeltemal te hoog gelig is. 'n Landing só is onmoontlik!

Dan weer die stem wat bevele gee. Kalm, maar tóg met 'n nuance van vrees duidelik hoorbaar. Twanette voel hoe vrees haar wil insluk. Sy voel hoe naargolwe uit haar maag ruk. Sweet loop in staaltjies uit haar hare, beland in haar oë. Die passasiers is doodstil, behalwe vir 'n baba wat droewig huil.

Die bevel van die lugwaardin wat Twanette gevrees het, kom soos 'n sweepklap deur die kajuit.

"B-R-A-C-E...!"

Terwyl Twanette en die ander passasiers hul koppe tussen hul knieë indruk en styf omarm, dink sy aan die dril vroeër. Dit het juis dié maneuver verduidelik.

Sy voel hoe die vliegtuig se wiele die aanloopbaan raak, die een enjin 'n diep fluitgeluid maak soos die vlieëniers dit in trurat gooi om die spoed te probeer breek. Die linkervlerk steek vas en sleep oor die aanloopbaan, kan die spanning tussen metaal en sement nie hanteer nie en breek af met 'n geweldige kraakgeluid. Die 747 kantel, skuur op sy sy oor die sement oppervlakte.

Alles in die kajuit skuif met geweld oor na die linkerkant. Passasiers gil en skreeu... Dan is daar skielik 'n doodse stilte. Iewers van ver af hoor Twanette die sirenes van ambulanse en brandweerwaens.

Sy word bewus van 'n geweldige brandpyn in haar regterbeen, so ook is daar nie 'n plek aan haar lyf wat nie intens pyn nie. So verterend seer, dat dit haar laat wegsweef na 'n plek van veiligheid. Zonnebloem, haar oupa se plaas.

"Juffrou, is jy by jou selwers, my darling? Kom, maak oop daardie oë van jou." Sy voel iets kouds oor haar gesig vee; dwing haar oë oop. "Daar sy, my darling, hou hulle nou oop. Dokter is hier, hy gaan nou gou vir jou ondersoek, kyk of alles vas is wat los was. Griet! Julle spulletjie het ons laat hol... Nee, my darling, oop met die ogen, a nee a! Ogen oop, Juffrouw!"

Twanette begin effe fokus. Sy herken van die goed in die kamer, hoor die gebliep van die hartmonitor. Sy probeer haar oë fokus op die lang man voor haar. "Jakop?"

"Nee, Juffrou, ek is dokter Lucas van Dijk, en jy is tans in die Academisch Medisch Centrum in Amsterdam. Onthou jy iets van wat gebeur het?" Hy skyn met 'n klein flitsie in Twanette se oë. "Gee my haar kaart aan, Verpleegster."

"Ek onthou tot waar ek sirenes gehoor het. Dan niks."

"Weet jy wat jou naam is, Juffrou, en vandag se datum?"

"Twanette Greyling. Ek dink dit moet vandag die 20ste Januarie wees, en die jaar is 2021."

"Nee wat, behalwe vir jou been wat 'n femur ope-fraktuur opgedoen het, en die snywonde op jou lyf wat ons in die teater geheg het, is jy heel goed. Jy weet natuurlik dat jy baie gelukkig is dat jy leef, juffrou Greyling?"

"Ek is dankbaar, Dokter, baie dankbaar. Het iemand my handbagasie ook hospitaal toe gebring? My ouers, ek moet hulle laat weet." Twanette begin spasmodies ruk van ingehoue trane.

"Jou handbagasie is hier, die polisie het dit gebring. Ons het jou ouers laat weet, hulle is op pad. Daar was ook 'n ander nommer, 'n nommer met Spanje se kode, maar ongelukkig is die res van die nommer so beskadig deur bloed, dat dit onleesbaar is. Stukkies van die papiertjie is ook weg. Miskien het die persoon in Spanje iets op die nuus gesien of gehoor. Ek is jammer, anders het ons hom of haar ook gekontak."

"Dokter, die ander passasiers, is hulle oukei? Ek onthou daar was 'n baba aan boord."

"Almal het oorleef, Juffrou. Dan groet ek tot later. Verpleegster van der Velde, kyk mooi na die pasiënt. Ek skryf 'n kalmeermiddel ook voor, gee dit sommer nou."

Twanette glimlag wanneer verpleegster, Anja Van der Velde, die dokter agterna kyk met haar hande op haar slanke heupe. "Jinne, dié man darem, dink hy nou wraggies dat ons verpleegpersoneel ons pasiënte verwaarloos? Ek vererg my sommer vir die mooie man."

Die woorde van verpleegster Van der Velde bring 'n hartseer wat 'n traan laat biggel oor die bleek wange.

Die nag is grou en koud. 'n Sterk seewind laat die luike aan die hospitaal se vensters ratel. Die reuk van die see is sterk in die wind waarneembaar, alhoewel die see 'n hele entjie van die hospitaal af is, maar soos die kraai vlieg, baie naby.

Twanette slaap 'n rustelose slaap. Nagmerries van tronke en lughawens teister haar brein met stukkies van onthou. Rusteloos draai sy haar kop van links na regs. Onwetend van die gewelddadige koors wat besig is om haar liggaam se temperatuur bo 40 grade te stoot.

By die bed se voetenent waar die nagsuster, Nadia Herbst sit, volg haar oë bekommerd die hartmonitor se grafiek wat kommerwekkende spronge maak. Twanette se saturasie is ook 'n bron van kommer. "Juffrou Greyling, wakker word. Jy gloei van die koors, ek gaan dat 'n verpleegster jou afspons terwyl ek jou dokter skakel. Juffrou, hoor jy my?"

Hoofstuk 11

SLEEPING HILLS – BARCELONA

Jakop Brand skrik met 'n ruk wakker. Sy brein is oombliklik helder, geen slaap newels wat nog ronddwaal nie. 'n Kommer kom lê in sy hart. "Iets is verkeerd." Hy spreek sy gedagtes hardop uit. Vinnig loer hy op sy polshorlosie wat op sy bedkassie lê. "Kwart oor drie. Wat 'n slegte tyd van die nag!" Hy ruk soos hy skrik wanneer sy foon skril begin lui…

"Jakop Brand."

"Meneer Brand, dit is Jano Schoonraad. Ek is hoof van die Veiligheidskorps by die Schiphol Lughawe in Amsterdam. Jammer, ek móés u seker al vroeër gekontak het. Ons veiligheidspolisie en paramedici het u nommer aan juffrou Greyling gevind, dit was in haar romp se sak. Die kode was duidelik, maar gedeeltes van die nommer was vol bloed. Ons forensiese afdeling het die stukkies bymekaargesit, so kon ons die nommer en u naam identifiseer. Ek het dit goedgedink om u te laat weet, aangesien dit u nommer is.

"Daar was 'n ongeluk by die lughawe minute voor die KLM Boeing vanaf Barcelona geland het. Almal het gelukkig die ongeluk oorleef. Daar was nog 'n nommer op 'n stukkie papier gekrabbel, dié was ongeskonde. Ons het uitgevind dat dit juffrou Greyling se ouers se nommer is. Ons probeer al die passasiers se mense in kennis stel. Ek hoop nie ek het gepla nie, rustige nag verder."

Jakop voel hoe die nare gevoel wat hy ervaar het ná hy wakker geskrik het, stelselmatig verdwyn. "Meneer Brand, is u nog daar? Net 'n oomblik voor u aflui... Ek sien nou op die skerm van my rekenaar die lys van die familielede wat reeds gekontak is. Juffrou Greyling se familie is onder dié wat gekontak is. U moet met haar ouers in kontak kom vir meer besonderhede. Hier is 'n nommer as u dit wil hê."

"Baie dankie, meneer Schoonraad, ek waardeer u oproep."

Vinnig memoriseer hy die nommer, haal dan die simkaart uit sy foon, vernietig dit onmiddellik. Net vir die wis en die onwis. Iemand kan baie maklik vir Twanette opspoor deur sy foon te tap. Hy haal 'n splinternuwe sim uit sy beursie, druk dit in plek van die ou een in sy foon.

Jakop voel hoe sy ingewande in 'n bewerasie gaan. "Twanette! Liewe Vader, wat kan nou nóg die arme vrou tref?"

Sonder om aan tyd te dink, skakel hy die nommer wat Jano Schoonraad vir hom gegee het. Met 'n hart wat woes in sy kuiltjie klop, luister hy na die gelui aan die anderkant van die lyn.

"Leon Naudé, met wie praat ek?"

"Meneer Naudé, dit is Jakop Brand. Ek is 'n vriend van Twanette. Ek het sopas die nuus gekry, jammer ek skakel so vroeg in die oggend."

"Alles reg, meneer Brand. Die sein is baie swak, ons is reeds op die trein op pad na Amsterdam. Ons behoort oor twintig minute daar te wees. Baie dankie vir u oproep, ek sal kontak maak wanneer ons haar gesien het."

"Baie dankie, meneer Naudé, dan praat ons weer later."

Jakop slaag 'n sug van verligting. Hy vee die sweet van sy voorkop af met die agterkant van sy hand, stap kombuis toe en skakel die koffiemasjien aan. "Hel, Jakop Brand, jy is darem onnosel, plaas vra jy in watter hospitaal Twanette is."

Met 'n beker varsgebroude koffie, gaan sit Jakop in sy studeerkamer. *En nou, Jakop? Vanwaar die bekommerde gevoel in jou hart? Is mos 'n ongewone gewaarwording... Óf praat die hart na jare weer?*

Hy skrik wanneer hy die getroue Lolita se figuur in die studeerkamer se deur gewaar. "Ai, meneer Jakop, ek sien die ligte, en toe wonder Lolita. Wat is fout, meneer Jakop?"

"Dit is Juffrou Twanette, Lolita. Daar was 'n ongeluk net voor die vliegtuig wou land in Amsterdam."

"Meneer, haai nee! Is sy..."

"Sy leef, dis al wat ek weet. Haar pa sal laat weet hoe dit gaan, hulle is op pad hospitaal toe."

KAAPSTAD – SUID-AFRIKA

Ook in die Kaap is die weer grou. Die wind onstuimig. Liam staan voor sy woonstel se sitkamervenster. Sy gemoed is net so grys soos die brekende daeraad. Daar is 'n rusteloosheid in sy gemoed. Dieselfde gevoel wat hy jare terug gehad het, iets wat hy met die jare besweer het. Maar iets het die gevoel weer teruggebring. Hy voel hoe rilling op rilling langs ruggraat afgly. Iets is vreeslik verkeerd en hy kan nie sy vinger daarop lê nie.

Sy gut sê dat die gevoel iets te doen het met Twanette. Die blonde Kaapse dokter, wat hy wat Liam is, gered het uit die see. Hy besweer dié gedagte, want hy is nie so seker of sy dieselfde oor hom voel nie. Hy maak die skuifdeure oop en stap op die balkon uit. Met sy foon en 'n blikkie suikervrye Cola, gaan sit hy op 'n gietysterbank met goudgeel kussings. 'n Onrustigheid bly knaag aan hom, knaag aan sy hart se nerwe.

Duisend en een gedagtes skeur deur sy brein. Jakop is 'n opsie... Maar nee, nie daardie roete nie. Daardie roete het hyself toegesluit en die sleutel vernietig.

Jy dink nou aan Gawie. Ek weet, want ek is jou gedagte, Liam. Julle was mos doerie tyd met Sending: Woestynwolf nogal groot buddies. Mekaar gehelp in moeilike omstandighede. Jy wat Liam is, het jou roete daar ook vernietig deur jou hardkoppigheid. Steek nou jou trots in jou denim se gatsak en bel vir Jakop. Jakop is jou enigste opsie wat jy het om uit te vind of Twanette veilig in Nederland aangekom het.

Liam kyk op sy horlosie, sien die tydsverskil tussen Suid-Afrika en Spanje is 'n skrale een uur. Met 'n gemoed wat weerstand bied, en 'n hart wat graag wil klarigheid kry, skakel hy die nommer van Jakop Brand. 'n Nommer, soos hulle sê: 'Non traceable.'

Waar Jakop in die skuur staan waar sy werkers besig is met die parsproses om die sap van die olywe te onttrek, begin sy foon skril lui. Die luitoon is anders as sy gewone luitoon. Twee luie, en alles is weer stil. Hy weet dat dit een van sy buddies moet wees, want dit is net hulle wat hierdie nommer ken... En hulle weet net twee luie, dan stop. Hy sal terugbel.

Dadelik gaan hy na sy foon se 'return call' opsie.

Liam wip soos hy skrik wanneer sy foon in sy hand vibreer. Nog een van vele veiligheidsmaatreëls.

"Yes."

"Two yesses, one no."

"Liam, eks is bly jy onthou nog ons kodes. Waaraan het ek dié eer te danke? Laas wat ons gepraat het, was jy erg hardegat."

"Ja, oukei! Ek is jammer! Daardie episode is nou verby. Die rede hoekom ek bel; ek is bekommerd oor Twanette. 'n Gevoelte wat op my krop sit en wat nie wil wyk nie."

"Goed, Liam, let bygones be bygones. Ja, daar was 'n insident met die 747 toe hulle in Amsterdam wou land. Sy leef, dit is ook al wat ék weet. Haar pa sal terugbel wanneer hulle in Amsterdam aangekom het, en hulle haar gesien het."

"Ek gaan nou dadelik 'n vlug bespreek Amsterdam toe. Ek moet met my eie oë sien dat alles reg is met haar."

"Liam, daar hol jy weer 'n koers in. Jy verloor weer kop, ou maat. Net soos daardie tyd met ons sending in die Sahara. Wag eers tot ek nuus gekry het van haar pa, dan laat weet ek jou dadelik. Wat gaan jy in Amsterdam doen? Jy het nou 'n werk, én jy moet aan jou lewe begin werk. Jy was baie lank uit sirkulasie ná daardie verskriklike dag."

"Hou jou bek, Jakop Brand! Jy wil Twanette hê, en ek gaan dit nie toelaat nie! Twanette is myne. Ek het haar lewe gered, verstaan ons mekaar? Én jy is nié meer my bevelvoerder nie!"

Jakop voel hoe elke greintjie selfbeheersing in hom om hulp roep. Hy kners op sy tande, hou woorde terug wat soveel skade aan 'n jarelange vriendskap kan aanrig. "Liam, maak dan maar soos jy wil. Ek gaan my nie meer langer met jou bemoei, en my aan jou steur nie. Wanneer ek hierdie oproep beëindig, is dit klaar. Dan stap jy jou eie pad."

Aan Liam se kant van die lyn is daar net 'n gesuis. Die verbinding tussen jarelange vriende is eensklaps verby. Die naelstring geknip.

Vir 'n hele ruk dwaal hy nog tussen sy werkers deur. Kyk dat die verpakking van die olyfbrandewyn korrek geskied.

Met 'n swaar hart stap Jakop Brand terug na sy huis waar Lolita hom inwag met 'n heerlike 'brunch'.

"Ek het maar so ietsie te ete gemaak, meneer Jakop. Ek't gesien die son sit al hoog, jou praat met meneer Liam was ook hoog, as meneer nou weet wat

Lolita bedoel. Dit is maar sleg, daai mannetjie is altevol van 'n rammetjie uitnek. Het meneer al iets gehoor van Holland af?"

"Niks, Lolita, maar ek is baie seker meneer Naudé sal laat weet."

"Hoekom is haar van dan Greyling?"

"Sy was voorheen getroud, Lolita, maar dit was nie 'n goeie huwelik nie. Jy weet sy is 'n mediese dokter, nè?"

"Goeiste, nee, Meneer, ek het dit nie geweet nie." Lolita klik met haar tong, skud haar kop en loop buiten toe.

AMSTERDAM

Leon en Suzette Greyling is net betyds om Twanette te sien voor die teaterpersoneel haar wegstoot teater toe. Vir 'n vlietende oomblik gaan haar oë oop, sien sy haar ma en pa deur 'n waas van pyn en koors.

"Ons bly hier tot jy uitkom, my kind. Sussatjie en die tannie langsaan sal omsien na alles by die huis. Ons gaan nêrens heen nie." Suzette Greyling soen die warm koorsige voorkop, sien hoe die teaterdeure agter die bed toegaan.

Leon Naudé stap na 'n kantoor waar 'n vriendelike gryskopdame sit. Hy sien die tekens op haar uniform wat bevestig dat sy 'n matrone of 'n hoofsuster van die afdeling moet wees. "Verskoon my, jammer om u te pla. Ek is Leon Naude, Twanette Greyling se pa. Aangename kennis."

Matrone Susan van der Sandt kom vinnig orent. 'n Stralende glimlag om haar lippe. "Hoor nou net hoe kom die Afrikaans deur. Dit is absoluut verblydend, meneer Naudé. Aangenaam, ek is matrone Susan van der Sandt. Oud Vrystater, doer van Bloemfontein se wêreld, maar al amper twee dekades in Nederland.”

“Ons is ook Suid-Afrikaners, woon nou tien jaar in Leiden. Ons dogter Twanette was op ’n welverdiende vakansie op pad na ons toe, toe die ongeluk gebeur het.”

“Jammer van die ongeluk, meneer Naude, gelukkig is niemand dood nie, te danke aan die vernuftigheid van die vlieëniers. En natuurlik die genade van Bo.”

“Kan u asseblief vir ons meer vertel, my vrou Suzette, is ontsettend bekommerd. U weet mos ’n ma is ’n ander spesie, verwag altyd die ergste.”

“Moenie bekommerd wees nie, meneer Naudé, sy is in goeie hande. Sy is terug teater toe, want Dokter vermoed daar is inwendige bloeding as gevolg van die ongeluk. Sulke dinge gebeur, maar hulle sal haar deurtrek. Sy het van die beste spesialiste by haar, gaan stel u vrou gerus, dan kom drink julle ’n koppie koffie hier in my kantoor terwyl ons wag op nuus.”

Hoofstuk 12

'n Uur later plof die chirurg op die bankie in matrone Van der Sandt se kantoor neer. "Sy is vir nou eers in ICU. Maar alles is reg, julle hoef nie bekommerd te wees nie. Dit was bloeding in die buik, maar is ge-fix. Jammer, verloor ek my maniere, u is seker juffrou Greyling se ouers? Ek is dr Lucas van Dijk, aangenaam.

"Matrone, ek het alles wat gegee en gedoen moet word op haar kaart aangeteken. Sy moet nou net herstel, die gevaar is verby. Tot wederom." Lucas van Dijk staan op, draai na matrone Van der Sandt. "Gou stort, dan die volgende teatergeval."

"Mag ons haar sien, Matrone? Ons moet ook nog gaan reël vir blyplek in 'n gastehuis hier in Amsterdam, tot en met sy kan huis toe gaan. Ek het ook 'n vriend van haar in Spanje beloof ek sal laat weet hoe dit gaan."

"Sekerlik, meneer Naudé, kom ons stap deur na die Intensiewesorgeenheid."

Die son trek al water agter die berge van Sleeping Hills toe Jakop se foon begin lui. Hy sien dadelik dat dit 'n Nederlandse nommer is. "Jakop Brand."

"Meneer Brand, dit is Twanette se pa, ek het mos beloof ek bel terug. Daar was komplikasies, en ons was net betyds vanoggend om haar te sien vóór sy terug is teater toe. Inwendige bloeding, maar alles is nou reg. Sy is tans in die Intensiewesorgeenheid, maar is buite gevaar. 'n Paar diep snye en kneusplekke op haar arms en lyf, sy het ook haar femur gebreek. Verder is sy op pad na genesing."

"Meneer Naudé, ek is ontsettend bly. Laat weet wanneer sy ontslaan word, en o, ja, in watter hospitaal is Twanette?"

"Die Academisch Medisch Centrum. Ons gaan hier bly tot sy ontslaan word, haar dan saam met ons terugneem Leiden toe."

Jakop gee 'n sug van verligting. "Dankie tog! 'n Swaar gewig is nou van my skouers af. Dankie dat u laat weet het, meneer Naudé. Ek waardeer dit."

Twanette herstel vinnig, vinniger as wat dokter Lucas van Dijk verwag het. Hy gee opdrag dat sy na 'n privaatsaal geskuif word. Ook dat 'n fisioterapeut haar onder hande neem. Twanette swyg soos die graf oor haar dokterskap. Vir die personeel in die groot wit hospitaal met die mooi tuine, is sy net nóg 'n toeris wat Nederland besoek het, en toe per ongeluk in 'n vliegtuigongeluk betrokke was.

Op die derde dag in haar privaatkamer, stap verpleegster Anja van der Velde laatmiddag die kamer binne met 'n enorme bos tulpe van alle kleure denkbaar. Die tulpe is alreeds in 'n glasvaas met 'n kaartjie in 'n wit koevertjie.

"Oeee jinne, meisje, jy word darem vrot bederf met die mooie tulpe. Lees die kaartjie, die nuuskierigheid pak op my. Vat meisje, maak open. Ek sit die blomme hier waar jy hulle kan betrag."

Met vingers wat effe bewe maak Twanette die klein wit koevertjie oop. *TULPE VIR TWANETTE. JAKOP.* Net die paar woorde spring uit die kaartjie na haar. Sy voel hoe haar hartklop versnel. 'n Warm gevoel wat verander in 'n bekoorlike blos, sprei oor haar hele gesig.

"Gee dat ek sien! Dit kan net 'n man wees wat sulke mooie blomme vir 'n meisje kan stuur." Anja loer na die kaartjie. "Ai dis mooi; Tulpe vir Twanette. Jakop. Wie is Jakop, my ding? Ek het nog net jou ouers hier gewaar? En glo my, jy is nou so rooi soos 'n beet."

"Jakop is niemand nie, Anja, net 'n vriend. 'n Vriend wat gehelp het toe ek in die allerverskriklikste moeilikheid was. Hy is in Spanje, het seker die blomme met Interflora laat aflewer."

"Ai, my meisje, as jy wil gesels, is Anja hier vir jou. Jy kan my foon gebruik, het jy sy nommer?"

"Nee, los, Anja. Dit is dinge van die verlede, en dinge van die verlede hoort in die verlede."

Anja sien die hartseer in die mooi oë. Empatie kom trap 'n diep spoor in haar hart vir die pragtige Suid-Afrikaanse vrou. Sy wat Anja van der Velde is, ken die hartseer wat die lewe vir jou kan bring. Sy beloof haarself om meer aandag aan die blonde vrou te gee.

'n Week later kry Twanette wonderlike nuus van dokter Van Dijk. "Nou toe, juffrou Greyling, jy het sodanig herstel dat jy saam met jou ouers Leiden toe kan gaan. Ek het reeds vir 'n kollega, dokter Johann Hiemstra, by Leiden se Mediese Sentrum, instruksies gegee. Ek gaan nou jou ontslagvorms teken, dan kan jy gaan wanneer jou ouers kom. Dit was 'n plesier om jou as pasiënt te hê, laat dit jou goed gaan."

"Hier is my nommer, Twanette, skakel my as julle by die huis is. Jy was regtig 'n model-pasiënt. Ek gaan jou mis. Kom dat ons jou goedjies bymekaarsit, ek het 'n idee jou ouers gaan enige oomblik hier instap."

"Dankie, Anja, ek sou jou as verpleegster van die maand genomineer het. Jy is goud werd in jou beroep. Én dit sal vir my 'n eer wees om jou te behou as vriendin."

Die twee is nog besig om die paar stukkies nagklere en toiletware in 'n tassie te sit, toe Leon en Suzette Naudé die kamer binnestap.

"Ai, my doggie, ons is so bly vir jou. Ons kan nog so vir drie dae Amsterdam vir jou wys. Die gastehuis waar ons tuisgaan, The Blossom House, is lieflik geleë. Ons sal 'n rystoel huur en 'n paar winkels besoek. Ons kan nou maar aanneem dat jou bagasie weg is. Só, 'n paar mooi kledingstukke sal jou sommer opvrolik. Die ander goedjies kan ons in Leiden kry."

Twanette verkyk haar aan die hobbelsteenstraatjies wat ryklik versier is met potte vol kleurvolle blombolle wat uit hul nate ontplof met kleur. "Lente in Nederland is darem pragtig met al die kleure blombolle wat nou blom, Mams, hulle bars omtrent uit hul nate met elke kleur denkbaar. Ek herken net tulpe en freesias, die ander is onbekend aan my."

Oorlaai met pakkies, gaan sit hulle by 'n tafeltjie van 'n pragtige restaurant langs die kanaal by name, Noordelike Amstel Kanaal. Kanaalbootjies met vrolike passasiers vaar heen en weer. Die passasiers is meestal toeriste, te oordeel aan al die kameras en verkykers.

"Twee plekke wat ek graag sal wil sien voor ons Leiden toe gaan, is die Anna Frank-museum, en dan die Rijkmans-museum. Daar is nog 'n paar, maar ons sal terugkom ná my been herstel het."

"En nou, my kind? Jy is nou so bleek soos die dood homself. Voel jy sleg? Moet ons nie vir dokter Van Dijk bel nie?"

"Paps, nee, ek het net twee mense op die oorstap-bruggie gewaar. Mense wat ek ken, maar glad nie wil sien nie." Twanette voel hoe 'n beklemming soos 'n ystervuis om haar hart knel. *Én om alles nog erger te maak, het ek nie in my wildste drome gedink dat hulle twee mekaar ken nie, én nog boonop saam hier in Amsterdam is nie. Die toeval is net te dik vir 'n daler.*

"Paps, draai jou koerant só dat ek daaragter kan wegkruip. Ek sien nie kans vir daardie twee mense nie... Nie in 'n miljoen jaar nie."

"Jy hoef nie weg te kruip vir jou probleme nie, Twanette, ek is mos hier om jou te beskerm. Laat hulle jou sien. Wie is die twee mense?"

"Dit is Jaco, Paps, en iemand wat ek nie gedink het Jaco ken nie. Dit is Liam Reyneke, iemand wat ek in die Kaap leer ken het. Wat sou hulle saam hier doen?" Twanette is woedend. Sy kom vinnig orent vanuit haar rolstoel, kyk pleitend na haar pa. "Ons moet hier wegkom, Paps, ek wil hulle nie sien nie."

"Is jy seker dit is Amsterdam, Liam? Jou bron kon verkeerd gewees het. Ons het nou elke hotel, gastehuis en restaurant besoek. Hier is geen teken van haar of haar ouers nie."

"My inligting is korrek. Sy is hier, ons moet net soek." Uit frustrasie skop Liam na 'n pot vol vlamrooi tulpe. "Eina! Verdomp!" Hy hop op een been rond, kyk kwaad na verbygangers wat openlik vir hom lag. "Ag, gaan lag op 'n ander plek... Idiote!"

Met die rondspring op een been, vang sy oog 'n vrou met blonde hare. Hy sien ook dat sy vinnig agter 'n koerant induik. "Jaco, daar!" Vinnig en sonder om vir Jaco te wag, hardloop hy oor die bruggie in die rigting waar Twanette en haar ouers sit.

"Twanette! Haai daar!" Liam swaai met sy arms, kyk nie waar hy in volle spoed deur die miernes van toeriste hardloop nie, en bots trompop met 'n meisie op 'n fiets. Van aandag aan die meisie gee, is daar geen sprake nie. Liam Reyneke is nou op sy eie 'n missie. 'n Missie wat hom dalk duur te staan gaan kom, soos altyd in die verlede.

Liam storm op haar af, sonder om enige aandag aan Leon en Suzette Naudé te gee.

Jaco Greyling aan die ander kant, kom aangeslenter asof die wêreld aan hom behoort. "Mensig, my vrou, ek soek al maande na jou." Hy skuif sy donkerbril bo-op sy kop, buig vooroor om Twanette met 'n soen te groet. Sy ruk haar kop beslis weg.

Op die hobbelpaadjie sien sy 'n meisie langs 'n fiets lê, mense begin om haar saamdrom. "Het een van julle twee iets te doen met die meisie wat van die fiets afgestamp is?"

"Ek het haar per ongeluk gestamp, ek moes by jou uitkom voordat jy weer verdwyn!"

"Magtig, Liam, en jy help haar nie? Jy ken tog noodhulp..."

Maar dan, plotseling verander die atmosfeer op die stoep van die restaurant wanneer drie sekuriteitswagte op Twanette-hulle se tafel afstorm.

Ook twee manne van die Nederlandse polisie voeg hulle by die groepie en Twanette weet dat moeilikheid wééreens op pad is.

Een van die polisiemanne tree nader aan Twanette. "Jammer, vir die onderbreking, maar ken u die twee persone?" Hy kyk kwaai na Liam en Jaco. "Ons het vroeg al 'n klagte ontvang dat julle twee sonder dokumentasie in die land is, en gelukkig vir ons en ongelukkig vir die meisie op die fiets, kon ons julle vinnig opspoor. Foto's van julle wat deur ons databank gekom het, het dit nog makliker gemaak."

Die groepie op die restaurant se stoep staar die twee polisiebeamptes nog verbaas aan toe hulle die skril sirenes van vinnig naderende nooddienste hoor.

"Konstabel, neem die twee menere polisiekantoor toe," deel die polisiebeampte met rang opdragte uit. "Jammer vir die ongerief, mense, so iets gebeur amper nooit hier in ons land nie. Juffrou, u kan 'n verklaring kom aflê by die polisiestasie. Die twee menere gaan vir 'n rukkie in die selle sit. Hulle staar ook nou deportasie in die gesig. Ons hier in Nederland, laat nie sulke gedrag toe nie."

Heeltemal oorbluf deur die gebeure wat pas afgespeel het, staar Twanette net na Liam en Jaco. "Jaco Greyling, ek is lankal nie meer jou vrou nie, en Liam Reyneke, ek skaam my morsdood vir jou. Vat hulle weg, Sersant!"

Van pure skok gaan Suzette Naudé aan die huil. "My ou man, ek dink ons moet so gou as moontlik in Leiden kom. Netnou ontsnap daardie twee en ontvoer vir Twanette."

Twanette sien dat haar ma baie na aan histerie is. "Kom, Paps, kom ons gaan, ek het nou my lus vir Amsterdam heeltemal verloor."

Hoofstuk 13

In die parsstore van Sleeping Hills lui Jakop Brand se foon. "Yes..."

"Hulle is veilig, en op pad na Leiden. Ons inligting was korrek. Moet ons nog dophou?"

"Ja, en laat weet wanneer daardie twee gedeporteer word."

"Tien-vier! Oor en uit."

Jakop Brand slaag 'n sug van verligting. Sy instink het hom nog nooit in die steek gelaat nie. Hy het geweet dat Liam Reyneke nie sou stilsit nie. Máár wat hy nie geweet het nie, was die feit dat Liam en Jaco Greyling mekaar al baie lank ken.

Sy gedagtes dwaal na die dag wat hy en sy manne die twee dames letterlik uit die tronk "gesteel" het. Daardie dag het dinge net reg verloop, sonder enige haakplek. Hy glimlag wanneer hy die vuil gesiggies in sy gedagtes herroep. Die bruin oorpakke van altwee die vroue besmeer met stukke kos. Koolblare en stukke pap tamaties aan hulle hare en op hulle gesigte. Die reuk was nie baie aangenaam nie, onthou hy. Hoe die tronke sulke kos kan aanvaar en vir die gevangenis gee gaan sy verstand te bowe.

"En as meneer Jakop nou so sit en smile? Hier is koffie en koekies, vieruur is mos tyd vir koffie."

"Ek dink sommer aan die twee dames, Lolita. Siestog, dit het gelyk of hulle uit varktrôe gekruip het, en die stank! Onthou jy? Ek wonder of Anet ooit veilig in Suid-Afrika aangekom het? Jy weet, Lolita, die gereg hier in Spanje is ook maar korrup, gaan maar oral so. Hulle het nie eens die reg gehad om aansoek te doen vir regsverteenwoordiging nie, net omdat daar dwelms betrokke was, al was hulle onskuldig. Die omstandighede in die tronke is nie goed nie. Ek was daar, jý weet."

"Ek onthou, meneer Jakop, ek onthou. Maar jy was nie gevang vir dwelms nie, is oor jy hardegat met die polisie was. Jy weet tog self, jy wou nie saamwerk nie. En jy het daardie polisieman 'n hengse blou-oog gegee."

"Ek weet, Lolita, en ek is jammer daaroor. Nou sit ons nie langs een vuur nie. Bedoel nou ek en die polisie. Só, ek probeer uit hul pad bly, hulle moet net dieselfde doen."

Lolita draai met 'n glimlag om. Sy ken haar meneer Jakop al amper vyf jaar. Daardie kyk in sy oë voorspel niks goeds nie. Fluit-fluit begin sy met die voorbereiding vir aandete.

Die voorloper van aandskemering begin al sy skadukop oral indruk, toe Jakop besluit om na die vlei te stap waar die lelies blom. Die pragtige stuk vleigrond wat gevoed word deur die uitloop van die

Manzanaresrivier, wat plus minus vyftig kilometer verder tussen die berge ontspring, is soos die kraai vlieg, nie ver van Sleeping Hills af nie.

Hy pluk 'n bossie van die vleeskleur en pienk gespikkelde lelies, draai die stingels vas met 'n biesie-stingel. Dan stap hy 'n hele end tot waar die klipperige rante van die Sierre de Guadarrama bergreeks, Sleeping Hills omarm. Vir enkele minute staar hy met pyn in sy hart na die groot wildevy wat met sy skurwe stam staan-lê van ouderdom. 'n Ouderdom van baie jare, dalk van die begin van die Skepping af.

Met eerbied in sy geknelde gemoed, stap hy verder tot waar die wildevy sy takke uitstrek oor die graf met die kruis, gekap uit dieselfde klip as die rante rondom Sleeping Hills.

Hy gooi die dooie blomme weg, druk die vars blomme in die glaspot wat nog halfvol reënwater is. Dan staan hy terug, betrag die omgewing. Die voorloper van die aandskemering het in die paar minute vinnig sy donker mantel oor Sleeping Hills gedrapeer. Hy stap tot by die klipkruis, vee sy vingers daaroor, dan af na die naam, uitgebeitel in die klip. Net twee woorde: *MARCELLE BRAND*. Maar vir Jakop is dit genoeg, net haar naam en van. Die ander woorde is in sy hart uitgebeitel. Woorde wat nog diep merke het. Rowe wat al drooggeword het, maar wat nie wil afval nie.

Hy stap tot by 'n klipbankie neffens die klipkruis. Hy gaan sit moeisaam, strek sy prostese-been. "Ek is jammer, Marcelle, as ek maar net na jou geluister het."

Die maan het al opgekom oor die plaas toe Jakop opstaan en terugstap huis se kant toe. Sy kop en hart vol van selfverwyt. Hy kyk op, staar in die donker Spaanse uitspansel in, sien 'n paar sterre wat al begin kop uitsteek. "Die verlange wil nie weg nie, Marcelle, dit word erger by die dag. Dalk kan jy eendag die verlange vat tot daar waar jy in die hemel is. Daar tussen die sterre my dan vrylaat, om weer liefde te vind."

Vir 'n tweede keer in een dag skrik Jakop Brand hom yskoud. Dadelik is al sy sintuie vlymskerp. Hy sien 'n beweging voor hom, maar weens die baie skaduwees van die olyfbome, kan hy vir 'n paar sekondes nie die figuur herken nie. Met die spoed van 'n luiperd knel hy die figuur vas teen hom met sy arm om die persoon se keel. Sy ander hand op die hef van sy jagmes. "Meneer, is ekke, Lolita!"

"Lolita, waar de hel loop jy in die donkerte rond sonder 'n flits of 'n lantern? Magtig, ek kon jou nou lelik seergemaak het!"

"Ek't meneer kom soek, ek ken mos al die dril as meneer vlei toe gaan, en dan na die ou boom toe. Kom, meneer Jakop, kom lat jy kom eet en in die bed kom. Die lopery na Mevrou toe het nog nooit goeie gevolge gehad nie. Lolita weet mos al die goete."

Daardie nag kom Lolita se woorde soos altyd waar. Jakop Brand worstel met 'n droom wat só werklik is dat hy Marcelle se parfuum kan ruik...

Hy is terug in 'n tyd waar hy nog heel was. Hy en Marcelle het op trou gestaan, die troureëlings kant en klaar gefinaliseer. Hy droom van sy mooi Vrystaatse plaas, Uitspan. Die markiestent op die grasperk, hulle huweliksdag en die wonderlike nag van passie. Sý Marcelle. Die mooi Marcelle met die hart van goud.

Sy droom vat hom na hul wittebrood in die Krugerwildtuin, die beste tyd in sy lewe... Dan die oproep. "Majoor, ons moet gaan. Nou net die opdrag gekry om jou te kontak, ek is jammer jy moet jou wittebrood kortknip." Kaptein Gustav Minnaar se stem is so duidelik in sy ore, dat hy met 'n ruk uit sy droom spartel.

"Gustav! Dalk moet ek hom skakel, hy sal nie omgee oor die tyd nie." Hy knip sy bedliggie aan, sien dat dit halfdrie is. 'n Tyd van die nag wat nooit goed is nie. Die foon lui aan die ander kant.

"Weer die drome, Jakop?"

"Ja, jammer, ek weet dit is baie laat, of eerder baie vroeg."

"Alles reg, jy weet jy kan enige tyd, dag of nag bel. Was jy weer by Marcelle se graf vandag? Jy moet nou laat gaan, Jakop, elke keer wat jy soontoe gaan, pynig jy jou siel van vooraf. Jy weet tog dat dit nie jou skuld was nie."

"Ek probeer, Gustaf, ek probeer wragtig. Maar soms is die rowe krapperig en haak oral aan iets vas."

"Pas jy en jou manne nog vir Twanette en haar mense op? Daardie Liam Reyneke was nog altyd 'n los draad wat enige oomblik 'n kortsluiting kon maak. Hy het homself oor en oor bewys met ons sendings. *SENDING: WOESTYNWOLF* was die laaste strooi."

"Ja, ek weet. Maar tog help ons hom wéér. Is maar soos ons is, nè? Help waar hulp nodig is. Ek voel nou beter, dankie vir jou getroue bystand, Gustav Minnaar, jy is jou gewig in goud werd."

"Jy dik darem nou aan, ou maat, maar ja, ons kom 'n lang pad. Goed gaan, en onthou ek is altyd beskikbaar."

Die slaap is nou skoonveld. Met 'n glas vol koue water, gaan sit hy op die stoep. In die stilte van die oggend wat in aantog is, kan hy die gebruis van Sleeping Hills se waterval hoor. Die poel waarin die stroom water val, was hulle speelplek. Soos twee kinders het hulle in die poel diepdonker water geduik, geswem en later op die klippe in die son gelê om droog te bak.

Hy dink aan die vreeslike trauma waardeur hy gegaan het met sy laaste sending. 'n Sending wat hom sy been gekos het.

Die aanval het net gebeur; een oomblik was hulle nog op pad terug na hulle kamp in die oorloggeteisterde Amirili Saladin. 'n Reddingspoging wat goed afgeloop het, talle mense is gered uit die puin van 'n bomaanval. Al wat hy kan onthou is die skerp fluitgeluid van 'n mortier. Die skerp flits en dan die algehele duisternis waarin hy vasgevang was.

Elke geluid om hom het geklink of dit in 'n tonnel was. Flitse van onthou laat sy hele lyf in 'n bewerasie uitslaan. Hy onthou die vêraf gewoer van 'n helikopter se lemme, ook die skerp lig in die teater... Toe niks, 'n Salige gevoel van wegsweef die vergetelheid in.

Sy brein worstel met beelde van Marcelle wat hom verpleeg op Uitspan. Die gesukkel om aan sy prostese gewoond te raak. Ook die diep donkerte van depressie.

Gelukkig was Marcelle daar vir hom, hom stadig maar seker weer vatbaar gemaak vir die lewe, sonder 'n ledemaat.

Twee jaar na die aanval het hy sy ontslag geneem. Die weermag se Spesiale Eenheid vaarwel geroep. 'n Spesmag-soldaat met een been is glad nie ideaal nie.

Hy neem 'n lang teug aan die yskoue water, steek 'n Spaanse-cigarillo aan. 'n Stukkie twak brand op sy tong, met sy duim en voorvinger haal hy dit af, skiet dit die donkerte in.

Hy en Marcelle het besluit om te emigreer. Uitspan en alles daarop te verkoop. 'n Advertensie op die Internet het sy aandag getrek. Hulle lewe in Suid-Afrika was geskiedenis. Die Spaanse platteland hul toekoms, Sleeping Hills het in hulle lewe gebeur.

Sy lewe saam met sy geliefde Marcelle het soos 'n sprokie sy kronkels deur die pragtige Sleeping Hills gemaak. Die lewe was 'n lied... Tot daardie swart dag.

Marcelle was verveeld. Sy wou uit, in die reën gaan loop wat toe al vir 'n week aanhoudend neergesif het. 'n Rilling gaan deur Jakop Brand se lenige gespierde lyf wanneer hy aan daardie paar donker ure in sy lewe dink.

Hy onthou hy het Marcelle 'n paar keer al gewaarsku om nie naby die vlei te kom wanneer dit baie reën nie. Die Manzanaresrivier hoër op in die berge, is onvoorspelbaar wanneer dit dae aanmekaar reën. Marcelle was daardie dag ekstra moeilik van verveeldheid. Hy weer, was so verdiep in die olyfbrandewyn wat hy navors, dat hy eers 'n paar uur later agtergekom het dat sy nie in die huis is nie.

Hy, Lolita, en van sy werkers het dadelik begin soek, maar as gevolg van die reën, was haar spore uitgewis. Deur die nag, én die volgende dag, was die soektog uitgebrei met hulp van die polisie.

Laat die middag het een van die werkers op haar liggaam afgekom. Sy het verdrink toe die Manzanares sy walle oorstroom het, die vors van die water het haar saamgesleep en teen die ou wildevyeboom vasgespoel.

Jakop frommel die blikkie op tussen sy hande, gooi dit tussen die tuin se struike in. "As ek maar net na jou geluister het, Marcelle, ás ek maar net geluister het...

Waar Lolita in haar woonstelletjie voor haar slaap-kamervenster staan, kan sy op Jakop se kamervenster sien. Sy kon ook nie slaap nie, juis oor die vleilopery van Jakop. Sy wat Lolita is, is lief vir haar meneer Jakop. Lief soos vir 'n eie seun. Saam het sy, meneer Jakop en sy Marcelle, óók natuurlik die werkers, Sleeping Hills gemaak wat hy vandag is. 'n Spogplaas, al is 200 morg nie só groot nie. Hier weet sy sal sy bly tot sy haar kop eendag neerlê.

Sy trek die kantgordyn so 'n bietjie weg, sien die silhouette van haar meneer op en af in die kamer loop. En sy weet dat dit weer sulke tyd is. Ná so 'n sessie, is hy vir 'n paar dae uit koers uit. "Mensig, as die man net sy gewete gesus kan kry. Die skuld vir Mevrou se dood van sy skouers wil afhaal."

<h1 style="text-align:center">Hoofstuk 14</h1>

LEIDEN. NEDERLAND.

Mieke Naudé klop saggies aan Twanette se kamerdeur, draai die koperknop en stap binne. Vir 'n paar sekondes neem sy alles in wat sy sien. "Twanette, daardie wit koevertjie in jou hand, dit is nou al 'n paar keer wat ek sien dat jy na die koevert staar, wat is daar binne-in?" Die tienjarige donkerkopsussie van Twanette, kom sit pens en pootjies langs Twanette op haar bed, gryp die koevert uit Twanette se hand en hou dit bokant haar kop.

"Gee terug, Mieke, dit is niks nie, ek kyk sommer maar. Gee terug, óf ek kielie jou. Pick and choose!"

"Dê, vat jou simpel koevert. Jy kielie seer, daar sit altyd 'n bloukol. Sê my maar, al is ek net tien, kan ek jou dalk raad gee." Mieke kantel om, gaan lê met haar kop op haar suster se skoot.

"Vat tog maar, dis is net 'n paar woorde." Sy gee die kaartjie vir Mieke.

"Mmmm, TULPE VIR TWANETTE. JAKOP. Wie is Jakop?"

"Jy sien, dis hoekom ek nie die kaartjie vir jou wou
gee nie. Nou is dit die Twenty Questions."

"Daar gaan nie Twenty Questions wees nie,
Twanette, ek lees die antwoorde in jou oë. Jou mooi
grysblink oë is dof, die sprankel is weg. Ek sê wéér, ek
is net tien, maar ek ken jou van ek gebore is. My
opsomming is die volgende: Jy verlang na dié Jakop.
Bel hom, praat met hom."

"Nee, Mieke, los dit nou! Dit is dinge van die
verlede, en goed van die verlede bly daar... In die
verlede. Capish!"

"Ja, oukei, ek sal nie weer my hulp aanbied nie."
Maar in Mieke Naudé se agterkop is daar 'n plan
besig om vorm aan te neem...

Laatlente maak Leiden nog mooier. Oral blom tulpe in
vrolike kleure, so ook freesias, affodille en ander
bolplante. Dié dag word nog meer spesiaal vir
Twanette toe Anja van der Velde bel en sê sy kom die
komende naweek kuier. "Dit is die wonderlikste nuus
ooit, Anja, jy moet my sê hoe laat ons by die stasie
moet wees. My been is darem al so dat ek sonder die
moonboot kan loop, en die ander bloukolle en wonde
is so te sê gesond. Ek is super opgewonde!

"Wat sê jy? Nee, Anja, ek het nie... En ek gaan
ook nie. Nee, ek het ook nog niks van hom ook gehoor
nie. En dit gaan so bly!"

Waar Suzette Naudé in die eetkamer staan en
wasgoed opvou, hoor sy elke woord wat Twanette
praat. Sy wat Suzette is, ken haar kind se hart. Sy
weet dat Twanette na die vreemdeling met die naam
Jakop Brand verlang. Die einste Jakop Brand het Leon

gekontak kort na die vliegongeluk en na Twanette se welstand verneem. Sy het Twanette in haar slaap hoor praat, die afleiding gemaak dat dit die man is wat haar en haar vriendin uit die tronk gered het. "Ons hou maar by die woord "red" alhoewel dit nie heeltemal waar is nie."

"En nou, my ou duifie, as jy so alleen saam met jouselwers praat?

"Ek praat nie, Leon, ek sê... O, ja, voor ek vergeet, die polisie van Amsterdam het vanoggend laat weet, Twanette hoef nie te getuig nie. Daar gaan nie 'n hofsaak wees nie. Daardie Jaco Greyling en Liam Reyneke is gedeporteer. Dit is darem nou een goeie ding, nou is ons vrees weg dat hulle ooit weer met haar sal kontak maak."

Die naweek saam met Anja word een groot fees. Hulle besoek die oudste universiteit in Nederland, die Leiden Universiteit, wat sedert 1575 studente akkommodeer.

Ook besoek hulle Leiden se botaniese tuine wat geleë is in die Bollenstreek. Hulle sluit aan by 'n groepie toeriste, toer dan saam met hulle en 'n gids deur die pragtige tuine. Met smaak vertel die blonde gids dat dié einste botaniese tuin in 1590 tulpe aan die Westerse wêreld bekendgestel het.

"Sjoe, maar Leiden is ryk aan geskiedenis." Anja slaan haar hande saam. Nou toe kom, ek gaan koop vir ons elkeen 'n draairoomys. Ek het doer by die ingang 'n roomyskarretjie gesien."

Hulle gaan sit elkeen met 'n veelkleurige draairoomys onder 'n akkerboom. "Dis 'n pragtige dag, ek bly al so lank in Amsterdam en het nog nooit Leiden en die platteland besoek nie. Is mos net werk, eet, slaap en die een eksamen na die ander.

"Twanette, hoekom het jy my nooit vertel dat jy 'n dokter is nie? Dit is nêrens op jou lêer nie, maar ek het eendag toevallig vir matrone en dokter Lucas hoor praat. Ons het juis 'n tekort aan dokters, kom werk by Academisch, dit is 'n fantastiese hospitaal. En die staf is vriendelik... Soos ek byvoorbeeld." Anja giggel bloedrooi in die gesig vir haar eie grappie.

"Ek het dit nie met opset weerhou nie, Anja, dit het net nooit ter sprake gekom nie. Ek weet nie, ek sal daaroor dink. Wat ek wel besluit het, is dat ek glad nie teruggaan na 2 Militêre Hospitaal nie. Ek wil Maandag vir die matrone 'n e-pos stuur, en my bedanking indien. Hulle kan my pensioen en verlofgelde in my bankrekening inbetaal. My woonstel gaan ek ook in die mark sit. Dit verkoop met inhoud en al."

"Só dit sê vir my jy gaan nie terug Suid-Afrika toe nie. Bly dan hier in Nederland, daar is jou oplossing."

"Nee, ek sal weer teruggaan Suid-Afrika toe, Anja, maar nie Kaapstad nie. Wag, ons span nou die kar voor die perde, ek moet nog aan alles dink en dan besluit."

"Ek weet jy wil nie oor jou verlede praat nie, Twanette, maar partymaal is dit goed om jou hart leeg te maak. Wat dink jy was Liam Reyneke en jou gewese man se doel om jou te kom soek daar in Amsterdam?"

"Ek weet nie, Anja, ek dink Jaco het gedink ek sal wéér soos 'n ryp perske in sy skoot val. Liam, nee, ek weet nie. Ek dink hy het 'n obsessie met my, gedink ek skuld hom oor hy my lewe gered het. Met so 'n mens wil ek niks te make hê nie, hulle raak obsessief, en dit kan problematies wees." Twanette lek die laaste van die roomys van haar vingers af. Leun met haar kop teen die houtbankie se rugleuning. "Kyk hoe mooi is die spierwit wolke teen die blouselblou van die uitspansel."

"Wat nou van Jakop Brand?" Anja sien die spiertjie wat in die hoek van Twanette se mond trek.

"Wat van Jakop Brand? Daar is niks nie. Ek het nie eers sy telefoonnommer nie, en al het ek dit gehad, gaan ek hom nie bel nie. Hy het met my pa kontak gemaak direk ná die ongeluk, daarna nooit weer nie. Die nommer wat ek gehad het, het verlore geraak tydens die ongeluk."

"H'm, dis wat jy dink. Hy het elke tweede dag gebel om uit te vind hoe dit gaan. Ek het hom 'n paar keer gevra of hy met jou wil praat; hy het net altyd gesê hy wil jou nie pla nie."

"Nou sien, hy wil nie pla nie, want hy stel nie belang nie. Kom ons los nou dié onderwerp, my maag grom nou van hongerte. Is ook al laatmiddag. Ek vrek nou vir my ma se kos."

Anja sien die skaduwees in Twanette se grys oë, en sy weet haar vriendin is verlore in verlange na die onbekende man in Spanje.

Die volgende oggend voor skool, en voor hulle Anja stasie toe vat, druk Mieke ongesiens 'n briefie in Anja se hand, sy knik vir Anja en gooi haar boeksak oor haar skouer. "Nou toe, dit was lekker om jou hier te hê, jy kan gerus weer kom kuier." Vinnig piksoen sy almal en hardloop vir die bus wat alreeds getoeter het.

"Dankie vir die naweek julle, ek gaan nog van my 'n oorlas maak hier by julle. Tannie se kos laat my aan my ma s'n dink. Twanette, hou my tog op hoogte van wat jy ook al gaan doen, onthou volgende keer kom kuier jy vir my in Amsterdam."

Die trein is al volspoed op pad na Amsterdam, toe Anja skielik onthou van die geheimsinnige briefie van Mieke. Nuuskierig oor wat Twanette se tienjarige sussie vir haar so geheimsinnig wil sê, vou sy die briefie oop wat op ligroos papier geskryf is.

Anja, ons moet vir Twanette help. Sy is so hardkoppig soos 'n steeks muil. Ek het toe julle uit was om die omgewing te besigtig, haar dagboek gegaps. Ja, ja! Ek weet dis lelik, maar hoe anders sal ons weet. Sy skryf baie van Jakop Brand. Ek kon nie veel wys word nie, net dat die bloemiste wat die Interflora bestelling hier in Amsterdam gedoen het, se naam De Schoonen Bloemen Florists is. Die naam het op die koevertjie gestaan. Die adres is Heerengrachtstraat nr 54.

O, ja, sy skryf ook oor die plaas in Spanje van Jakop Brand. Die plaas se naam is Sleeping Hills, naby Frías, nie baie ver van Barcelona nie.

Nou moet jy speurder speel. Dalk sal De Schoonen Bloemen se eienaar vir jou die bloemiste se naam in Frías kan gee. Dis al roete wat ek kon uitdink, dalk kan jy aan iets beters dink.

Groete, Mieke.

'n Glimlag kielie om Anja se lippe. "Klein klits! Ek stem saam, Mieke, Twanette kort hulp."

Terug in die hospitaal se roetine, kan Anja net nie die plan van Mieke uit haar kop kry nie. "Môre is my afdag, dan gaan ek kyk of ek die plek kry."

"Watse plek, Anja?" Debbie van Dooren, Anja se vriendin, kyk haar skeef aan. "Wat broei nou weer in daardie kop van jou?"

"Kom na ons skof na my kamer toe, dan vertel ek jou. Twee koppe is dalk beter as een."

Met 'n ligte klop aan die deur, kondig Debbie later haar aankoms aan. "Hier's ek. Nou moet jy vertel, Anja, iets sê vir my hier kom 'n ding. As jy so geheimsinnig is, broei daar goeters in jou kop. Wat is dit dié keer?"

"Niks snaaks nie, Debbie, net so bietjie speurder speel."

"Het jy al vergeet van die keer wat jy 'n spook wou vang in die ou deel van die hospitaal? Ek dink nie ek speel saam nie."

"Nee man, luister net eers." Anja gaan sit op haar bed, wys vir Debbie om langs haar te kom sit.

Debbie luister met aandag, voel hoe opgewondenheid begin borrel. "Die klink na pret. Praat ons nou van daardie mooi blonde vrou wat in die vliegtuigongeluk was?"

"Einste, ek het nog nooit so 'n hardkoppige mens teëgekom nie. Nou gaan ek en jy daardie bloemiste in Heerengrachtstraat soek, en die mense probeer oortuig om die bloemiste in Frías wat die blomme met Interflora vir haar gestuur het, se naam vir ons te gee.

"Waar is Frías?"

"Naby Barcelona, Frías is 'n klein plattelandse dorpie. Nou, dié Jakop Brand se plaas is in daardie omgewing."

"Ek werk môre, maar ek gaan nou dadelik probeer uitruil met een van die ander verpleegsters. Sal jou nou-nou kom sê." Met dié woorde is Debbie soos 'n warrelwind by Anja se kamer uit.

"Anja, ons is darem swak speurders, ons kon mos vir Google vra waar is De Schoonen Bloemen Florist." Debbie steek viervoet vas, gaan sit op 'n houtbankie. "Ons is in Heerengrachtstraat, ons moet nou net die nommer soek."

Tien minute later druk Anja die klein blommewinkel se hout-en-glasdeur oop, iewers lui 'n klokkie wat besoekers aankondig. "Mensig, hier is té veel blomme vir so 'n klein winkeltjie."

Iewers tussen blomme van alle soorte kom 'n stem, die klank bykans verdoesel deur geur en kleur. "Middag meisies, kan ek van hulp wees?" Tussen tulpe, freesias en ander onbekende blomname, kom 'n rankerige lang, maer grys mannetjie orent, vee blomblare van sy verweerde wolhemp af.

"Middag, Meneer, ons is opsoek na die eienaar van dié pragtige blommewinkel. Dit is nou vir ons 'n groot verrassing om Afrikaans in die middel van Amsterdam te hoor."

"Hans van Beck, aangenaam. Ek het julle hoor praat toe julle ingekom het. Afrikaans kom maklik vir my, watter soort blomme wil julle mooie meisies koop?"

"Oom Hans, ek mag seker sê oom, nè? Ons soek net informasie, ons wil ons vriendin verras. Ek is Anja en die een is Debbie. Asseblief, oom Hans, dis 'n saak van groot belang."

"As ek van hulp kan wees, spreek die woord, meisies."

"Onthou oom die KLM vliegtuig wat op die Schiphol Lughawe neergestort het?"

"Ek onthou, ja, gelukkig is almal lewend daaruit."

"Oom Hans, kan jy vir ons kyk na jou Interflora bestellings. Die een wat ons soek is so twee maande terug. Uit 'n klein dorpie Frías in Spanje."

"Dit behoort nie té moeilik te wees nie, ek kry maar baie min van Spanje af, indien ooit. Nou toe, kom agter toe, my kantoor is daar."

'n Laggie ontsnap oor Debbie se lippe. "Oom Hans, kan ons jou help, dan pak ons gou die klomp goed reg. Tot oom se boeke is vol blomme."

"Nee, wat wou! Ek weet waar is alles. Maak julle twee vir ons tee, soek maar daar iewers onder al die blomme is die ketel en alles wat julle sal nodig kry."

Die ketel sing nog nie toe oom Hans luid uitroep: "Ek het die bestelling, meisies! Máár ons drink eers tee..."

"Hier is die naam van die blommewinkel in Frías. Dit is die Petit Jardé, hier is die adres en foonnommer ook. Meisies, sê maar vir oom Hans wat dit is wat julle wil weet? Ek kan dalk help. Die mense by die blommewinkel daar in die vreemde gaan nie sommer vir julle inligting gee nie. Hulle gaan sê dit is konfidensieel, máár omdat ék die bestelling uitgevoer het, kan hulle inligting vir my gee."

"Oom Hans, jy's 'n darling. Oom kan dalk vir hulle vra of Jakop Brand van die plaas Sleeping Hills aan hulle bekend is. Dit is hý wat die blomme van hulle af, hier na oom toe laat stuur het. Oom het dit mos weer by die Academisch Medisch Centrum laat aflewer vir 'n mevrou Greyling. Óf dalk 'n naam van 'n restaurant in Frías. Só kan ons uitvind waar ons vriendin se vriend hom bevind, dalk ken hulle hom. Almal ken mekaar mos in sulke klein dorpies.

"Al wat ons het, is sy plaas se naam. Dalk weet oom van 'n beter plan? Maar dit is ál plan wat ons het om hom op te spoor. Gelukkig is die tyd tussen Spanje en Nederland dieselfde, en dit is nou amper vyfuur, dalk is hulle nog oop. Ons sal die oproep Spanje toe betaal."

"Stadig kind, jy gaan jou uit jou asem praat. Wag net so bietjie, my selfoon moet hier iewers tussen die blomblare wees." Effe ongeduldig staan Anja en Debbie en toekyk hoe oom Hans eers sy bril soek en opsit, dan skakel hy die nommer.

"Nou goed, ek kan darem bietjie Spaans praat, in my jong dae baie getoer. Die wêreld gesien én beleef. Ek stel my foon op luidspreker sodat julle ook kan hoor wat gesê word, dan hoef ek dit nie weer te herhaal nie."

In geradbraakte Spaans stel oom Hans sy saak. Hulle hoor hoe die vrou aan die anderkant sê dat sy Engels kan praat, en dat hy moet aanhou. "Hou duim vas, meisies!"

Die vrou is na 'n paar sekondes terug op die lyn. "My son, Henrico, want to speak."

Verbasing is op al drie se gesigte toe Henrico in Afrikaans wegspring. "Kan ek dalk van hulp wees? Ek het in die agtergrond Afrikaans gehoor toe my moeder met u gepraat het."

"Henrico, net 'n oomblik, dan kan jy met die persoon praat wat opsoek is na iemand daar in julle dorp."

Anja bewe van kop tot tone toe sy die foon by oom Hans neem. "Middag, ek is Anja van Nederland. Ek is dringend opsoek na iemand wat daar in die Frías omgewing bly."

"Middag, Anja van Nederland. Wie soek jy, hier in Frías ken ons mekaar almal."

"Jakop Brand, sy plaas..." Nog voor sy die naam kan sê, val Henrico haar in die rede.

"Wie ken nie vir Jakop Brand nie? Hy is 'n vriend en kollega, is iets fout, Anja van Nederland?"

"Ja, Henrico, alles is verkeerd. Ek móét met hom praat, dit is 'n saak van uiterste belang."

"Nou goed, Anja van Nederland, gee my jou telefoonnommer, ek sal dit by hom kry, ek belowe."

"Baie dankie, Henrico, ons skuld jou." Dan is die verbinding verbreek. Glimlagte verhelder drie mense gesigte in die klein blommewinkel.

Anja is so oorstelp van vreugde, sy plak 'n soen op oom Hans se voorkop. "Ai, noientjie, wanneer laas het ek 'n soen van so 'n fraaie meisje gekry?"

"Ons sal gereeld kom kuier, oom Hans, ons beloof dit plegtig voor al die fraaie bloemen." Met 'n 'toodle doo', is die twee uit die winkeltjie, en af met Heerengrachtstraat na die naaste tremhalte.

"Nou wag ons, Debbie, al is dit hoe moeilik. En ons hou duim vas dat Henrico woord kan hou, én ook dat Jakop Brand terug sal bel."

Hoofstuk 15

Die Spaanse hemelruim is al vol flonkerende sterre en 'n sekelmaan wat bak lê tussen fyn dons vlieswolkies, toe Henrico Torres se Jeep Wrangler voor Sleeping Hills se huis stilhou. Voor hy kon aanklop, maak Jakop die deur oop. "Torres, as ek jou sien is daar moeilikheid... Kom in."

"Toemaar, ontspan ou maat. Alles is rustig, ek is net hier om 'n boodskap vir jou te gee."

"Boodskap? Praat, Torres!"

"Vanmiddag het 'n meisie uit Nederland na my ma se blommewinkel gebel. Sy is dringend opsoek na jou. Haar naam is Anja, hier is haar nommer. Miskien moet jy nou dadelik terugbel, sy het gesê dit is baie belangrik."

"Nou kom deur kombuis toe, Lolita het kos gemaak vir 'n weermag. Skep solank vir jou in, ek weet mos jy is altyd honger, dan bel ek gou. Ek wonder wie is die Anja van Nederland?"

Anja wip soos sy skrik toe haar foon begin lui. Sy skuif haar Fisiologie-boeke eenkant toe, kyk na die skerm van haar foon. Haar hart begin wild bokspring toe sy die vreemde nommer sien. "Anja, hallo."

"Anja, dit is Jakop Brand, ek het nou net die boodskap gekry dat jy my dringend soek."

"Ag vader tog, dankie dat jy so gou gebel het. Dit was omtrent 'n soektog na jou."

Jakop voel hoe sy hande begin sweet. "Jy het my nou gekry, wat is fout? Waarmee help ek?"

"Twanette Greyling... Dis wat fout is, Jakop Brand. Onthou jy haar nog?"

'n Paar sekondes is Jakop se asem skoonveld. Sy hart galop, 'n galop van 'n wilde perd. "Wat is fout met Twanette? En hoe weet jy van haar?"

"Vaderland, maar jou geheue is kort, dit is met mý wat jy gepraat en om uit te vind hoe dit met haar gaan na die ongeluk. Anja van Dijk! Verpleegster by die hospitaal. Stadig nou! Sy makeer niks, altans nie liggaamlik nie. Haar hart is net siek, Jakop, siek van verlange na jou."

"Hoe weet jy?"

"Oor ek Twanette se vriendin is. Ons het vriende geword terwyl sy in die hospitaal was. Ek was die afgelope naweek by haar in Leiden. Sy treur, maar is so hardkoppig soos 'n muil. Aan die anderkant het sy geen kontaknommer vir jou nie, en jý is netso hardkoppig, Jakop Brand. Jy weet mos sy is by haar ouers in Leiden."

"Hokaai, Anja. Twanette het dit laat blyk dat sy niks met my te doen wil hê nie. Dit wat jy nou vir my vertel, het ek glad nie geweet nie."

"Wel, Jakop Brand, nou weet jy. En as ek vir jou raad kan gee, doen iets daaraan!"

"Hel, maar jy is kwaai!" 'n Glimlag kielie om Jakop se mond. "Dankie, Anja, ek het nou jou nommer, ons praat weer. Dankie vir die inligting."

"Is dit nou wraggies ál wat jy gaan sê?"

"Vir nou ja."

"Nou totsiens dan, Jakop Brand! Ek het nou genoeg gehad van hardkoppige mense."

Jakop hoor die klik in sy oor, en hy besef Anja het die oproep beëindig. "Klein klits!"

"Wat nou?"

"Niks, Torres, niks!"

"Ou maat, soos ek jou deur die jare leer ken het, is daardie telefoonoproep nie 'niks' nie. Vertel, dalk kan ek help of raat gee."

"Torres, dié is groot dinge. Gee kans, ek moet dit net eers verwerk. Dié is nuus was ek glad nie te wagte nie."

"Het dit iets te doen met daardie vrou wat ons op 'n vlug Nederland toe gehelp het? Te oordeel aan die uitdrukking op jou gesig, toe die Anja van Nederland met jou gepraat het, het ek een en een bymekaar gesit, en twee gekry."

"Los dit nou, Torres, en dit is 'n bevel! Ek sal jou later vertel, dié inligting is bietjie ontstellend vir my."

"Boodskap so ontvang, Majoor. Ek sal geduldig wag." Saam stap hulle na die gebou waar die olyfbrandewyn gebottel en etikette opgeplak word.

"Julle werk laat, die sekelmaan sit al hoog." Torres hou Jakop uit die hoek van sy oog dop. Hy sien sy vriend van jare, is in 'n innerlike stryd gewikkel. Hy wat Torres is, het hierdie ding sien kom, maar nie op dié manier nie. Jakop se oorbeskermde handeling ná die tronk-storie om die Suid-Afrikaanse vrou in Nederland te kry, het hom so effens 'n snuffie in die neus laat kry. Nou is dit 'n situasie wat hy maar net vanaf die kantlyn kan dophou. Hoe Jakop Brand op dié "bom" gaan reageer sal hy maar moet sien. Hy ken Jakop se storie, en hy kan maar net duim vashou dat dinge vir hom sal reg loop.

"Ja, ons werk laat vanaand. Die bestelling moet vroeg môreoggend uit, Kom ons loop soek koffie, óf het jy lus vir 'n knertsie van die olyfbrandewyn?"

"Ek dink ons altwee het ná vanaand se storie iets bietjie sterker as koffie nodig." Torres trek sy vingers deur sy pikswart hare, haal 'n pakkie cigarillo's uit sy leerbâadjie se sak.

"Dit is laat, Torres, Lolita het reeds vir jou die gastekamer reggekry, jy kan môreoggend vroeg ry."

"Dankie, Jakop, na die brandewyn, dink ek ook so. Baie dankie, jy is n vriend duisend. Jy sal praat as jy hulp nodig het, nè?"

"Dankie, Torres, ek sal praat. Ek moet net eers my kop reg kry. Die nuus wat die Anja gegee het, het my onkant betrap. En jy ken my, ek moet nooit onkant wees nie."

"Ek weet, my vriend. Dit het jy ons geleer tydens opleiding: Moet nooit onkant betrap word nie."

"Ja, Torres, en nou is ék onkant betrap. Onkant betrap deur die Anja van Nederland... Die draer van nuus wat ek nooit voorsien het nie. Hoe weet ek sy praat die waarheid? Ek gaan my nie weer blootstel aan hartseer nie; nooit weer nie!"

Anja klop hard aan Debbie se kamerdeur, draai die deurknop en stap binne. "Debbie, raai wat?"

"Vertel maar, ek het al ophou raai van ek jou ken, want jy het elke dag iets anders aan die gang. Maar gee net kans, ek het tot nou toe geleer. Ek moes net gou eers stort. Sit solank, ek is binne sekondes klaar."

Debbie kyk met 'n glimlag na Anja. Dié loop op en af in die kamer, tot oorlopens toe vol van nuus om te vertel.

"En?"

"Hy het gebel, seker so tien minute terug."

"Van wie praat jy nou, Anja? Is dit nou die nuwe apteker Adolfé Baardwijk wat jou so beloer van 'n kant af? Jy moet skerp kyk, ek vertrou hom glad nie. Sy oë sit te na aan mekaar, my ouma het altoos so gesê."

"Nee, man, ek praat van Jakop Brand. Henrico het woord gehou."

"Vertel my alles, wat sê hy? Hoe klink sy stem? 'n Mens kan aan 'n stem agterkom hoe 'n persoon se 'attitude' is. Praat nou, Anja! Wat sê hy nou van die Twanette-sage?"

"Niks, absoluut niks! Ek is só gefrustreerd met die simpel mansmens, ek sal sommer van die Afsluitdijk in die see spring! Ek het hom gevra wat hy nou sê van dít wat ek hom vertel het... En weet jy wat sê hy vir my: 'Vir nou, niks nie'. Bid jou dít aan, wat sou Twanette in so 'n bod klinkerkop sien?"

Min of meer dieselfde tyd wat Anja vir Debbie van die oproep vertel, lui Jakop se foon waar hy besig is om lone aan sy werkers uit te betaal. "Moenie loop nie, dames en here, ek beantwoord net gou dié oproep, dan praat ons."

Jakop kry 'n gevoelte dat iets gaan gebeur, óf reeds gebeur het, want dié nommer behoort aan kommandant Roy Gericke in Suid-Afrika. Wéér net die een lui, dan stilte. Dadelik skakel Jakop op sy "werksfoon" terug. Hy laat die foon twee maal lui, druk dan dood. Vyf minute verstryk, angstig wag hy vir die volgende lui.

"Kommandant Gericke, waarmee kan ek help?"

"Majoor Brand, kan ons praat?"

"Ja, Kommandant, alles is rustig. Praat maar."

"Hoe vinnig kan jy in Suid-Afrika wees?"

"Kommandant, so vinnig as die eerste vlug uit Barcelona. 'n Opdrag?"

"Ja, maar ons kan hier praat. Hierdie is 'Top Secret', Majoor"

"Ek sal die vertrek en landingstye met u verifieer, Kommandant. Tot wederom."

"Jammer julle. Ek het 'n ekstra bonus vir elkeen. Dit is vir die laat werk die afgelope paar aande. Ons is nou klaar tot die volgende olyfseisoen. Ons bly in kontak. Dankie, julle is 'n uitstekende span. Julle kan nou maar julle goed vat en na julle huise gaan. Ricardo, jy en Stefanus moet agterbly, asseblief."

Hy wink die twee manne nader. "Ek gaan vir 'n paar dae weg. Ek wil hê julle twee moet na alles hier kyk. Ricardo, jy het my nommer. Ek gaan vir Lolita opdrag gee om die twee rondawels gereed te kry vir julle. Sy sal ook vir julle kosmaak."

"Dit is reg, meneer Jakop. Ons sal kyk, moenie jou oor die plaas bekommer nie."

Terwyl hy 'n rugsak pak, skakel hy vir Henrico Torres. "Torres, is sulke tyd. Ek is nou op pad. Hou julle gereed indien ek julle nodig het. Ek sal laat weet as ek aan die Suidpunt land."

Drie ure later lig die Boeing 747 van Iberia Lugdiens sy neus, druk Jakop Brand terug in sy sitplek."

Vyftien ure en veertig minute later sit die Iberiese Boeing sy wiele neer op Suid-Afrikaanse bodem. Jakop Brand kyk na Tafelberg wat majestueus in die verte sy bekende plat tafel probeer wys. Hy kyk na die rollende miswolke wat minuut gewys die berg begin bedek. "Ek het jou gemis ou grote, maar ek beloof om jou nooit te vergeet nie." Sy foon se pieng dui 'n WhatsApp aan. Die boodskap lees: *Gaan deur doeane, ons wag buite.*

Die Kaapse oggendson skyn verblindend in sy oë. Hy soek na sy donkerbril in sy denimbaadjie se sak, sit dit op sy oë. Met sy rugsak oor sy een skouer, stap Jakop Brand na waar hy kommandant Roy Gericke in volle uniform sien staan.

"Goed om jou weer te sien, Kommandant." Hy salueer, kap sy hakke teen mekaar. Dan glimlag Jakop sy glimlag so eie aan hom.

"Dankie, Brand, dit is goed om jou ook weer op Suid-Afrikaanse grond te sien staan."

"Nou toe nou, kyk wie het ons hier. Gustav, goed om jou ook weer te sien ná ons laaste sending." Jakop knik vir Gustav Minnaar, want hulle sending in Barcelona om Twanette te bevry, is nie aan kommandant Roy Gericke bekend nie.

"Ons ry nou na jou hotel toe, Brand, ons sal daar gesels. Jy en Minnaar sal dié sending behartig. Julle twee is die beste vir die taak." Roy Gericke skakel die voertuig se lugversorging aan. "Weer warm in die Kaap vandag."

Hoofstuk 16

"Is die opdrag duidelik vir julle twee? Al wat gaan gebeur is dat julle die prinses van Oranje, Catharina-Amalia, wat ook die troonopvolger is, veilig in Nederland kry. Haar pa, koning Willem Alexander, is bekommerd dat sy met haar vakansie hier in die Kaap, wat môre eindig, in die moeilikheid gaan beland.

"Hy het dreigemente ontvang van ontvoering, as hy nie 'n sekere bedrag in 'n bankrekening betaal, wat die persone sal verskaf nie. Die tyd vir betaling is môre om twaalf verstreke. Indien koning Willem-Alexander nie die gegewe tyd nakom nie, gaan hulle haar ontvoer. Die losprys styg dan met vyf miljoen Euro's. Dis 'n klomp geld, manne.

"Wat die saak ook meer ingewikkeld maak, is die feit dat ás sy in Suid-Afrika ontvoer word, is ons in die oog van die wêreld. Ons naam is nie baie goed in Europa nie, nié met die huidige regering nie. Die misdaadsyfer in Suid-Afrika is hemelhoog, dié weet julle. Ons moet die situasie so gou moontlik ontlont, en sorg dat sy veilig met haar ouers herenig word sonder enige 'fun fair'.

"Ons Geheimediens se ouens het die dreigemente nagegaan, en dit bestaan wel. Julle twee gaan haar terug vergesel en oppas wanneer sy môreoggend vroeg terugvlieg Nederland toe. Ons het hier met geslepe mense te doen, manne. Ons is besig om met KLM te onderhandel. Die vlugtyd en vlugnommer behoort ons oor 'n paar minute te hê. Ek het eers gedink om 'n leë vlug te reël, maar dit gaan die wenkbroue laat lig. Daardie ontvoerders is nie onnosel nie."

"Kommandant, ek stel voor sy moet in vermomming op die vlug klim. Gustav, jy vind alles uit wat jy moontlik kan. Jy is in daardie vliegtuig vóór hy opstyg, en voor hy brandstof inlaat. Nóg voor die kajuitpersoneel aan boord gaan, kyk vir enigiets verdag. Óf iets waarmee hulle die vlieëniers kan dwing om na 'n ander bestemming te vlieg. Bestudeer die vlugplan en kyk na die vlieëniers se persoonlike inligting, óók van die bemanning, wie en wat hulle is.

"As ons hierdie ding verkeerd hanteer, dan gaan dit uitkring; opslae maak in al wat 'n koerant is. Kommandant, ek sal haar van haar hotel af vergesel, vanaand daar gaan oornag. Laat die ander manne die lughawe deurgaan. Ek is seker ás hulle iets probeer, sal dit op pad na die lughawe wees, óf die vliegtuig probeer skaak, enigiets is moontlik.

"Ek gaan nou vir luitenant Henrico Torres in die hande kry. Hý en my ander manne moet op bystand wees by die Schiphol Lughawe in Amsterdam. As die ontvoerders nie in Suid-Afrika toeslaan nie, gaan dit definitief in Nederland wees, vóór sy by die paleis, Villa Eikenhorst op die landgoed de Horst in die stad Wassenaar uitkom. Daardie stuk pad vanaf die lughawe tot by die paleis, kan ook as 'n ideale ontvoerings roete gebruik word. Maar my instink sê die ding gaan gebeur by die Schiphol Lughawe in Amsterdam."

"Hoekom dink jy so, Brand?" Gustav sit sy koppie koffie op die eikehouttafeltjie neer, stap hande in sy denim se sakke na die venster wat uitkyk oor die see.

"Net 'n gevoel, Gustav, my gevoel het my nog nooit in die steek gelaat nie."

Die oggend breek grysgrou oor Kaapstad. Waar Jakop in sy weelderige kamer van die Bay Boutique Hotel in Kampsbaai staan, omring 'n dringendheid hom. Vir 'n paar oomblikke kyk hy na die see wat grou en boosaardig sy golwe laat maal. Die eerste gedagte wat by hom opkom is dat dit lyk asof die see kook. Van Tafelberg is daar geen teken nie, net grys wolke wat laaglê, oorvol is met ongestorte reënwater. "Maggies, dié weer gaan dit moeiliker maak as wat ek gedink het." Vinnig klee hy homself in 'n liggrys pak met 'n spierwit hemp en swart das. Hy loer vlugtig na sy horlosie... "Dêmmit! Ons sal moet roer."

Die nuanses van sy woorde hang nog in die kamer, toe daar saggies geklop word. Met twee lang treë is hy by die deur, staar dan in verwondering na die twee meisies wat sy kamer betree. Met een oogopslag neem hy alles in wat hy sien. Goeiemôre, prinses Catharina-Amalia."

"Meneer Brand, asseblief, noem my Amalia soos al my vriende my noem. Laat ek jou voorstel aan Sophia van der Hoff, sy is my chaperone en goeie vriendin."

"Goed, Amalia, dan is ek Jakop, en nie meneer nie. Ek moet sê, julle keuse van vermomming is uitstekend. Die Indiese Sarie's en bykomstighede pas perfek, om nie praat van julle pruike nie. As julle gereed is, móét ons nou gaan, ons tyd raak min. My manne is oral naby ons, so asseblief, tree net so normaal as moontlik op. Amalia, jy is bewus van die gevaar waarin jy verkeer, nè?"

"Ek is bewus van my penarie, Jakop, maar is goed voorberei deur jou mense. Ek wens net ek kon met my pa en ma praat, hulle is seker nou al doodbekommerd."

"Ons mense is in kontak met hulle, hulle weet van elke beweging. So moenie bekommerd wees nie, bekommernis wys duidelik op 'n mens se gesig, en dít wil ons nie hê nie."

Die pad van Kampsbaai af tot by Kaapstad Internasionale Lughawe is presies 24.2 km en duur agt en twintig minute. Jakop sug van verligting, kyk na sy kollega, sersant Adam de Bruin. "Wel, ons is hier, 'by hook or by crook', ek hoop álles verloop so goed."

Sonder enige voorval beweeg hulle deur doeane. Jakop sien hoe van die passasiers goedkeurend kyk na die twee pragtige Indiese meisies. Hy stoot sy bors so 'n aks uit, glimlig in sy enigheid. "Hulle dink seker ek is 'n prins, of 'n baie gelukkige man."

Deur die buis tot in die groot Boeing 747 van KLM, gaan dit ook goed. Met die instapslag by Eersteklas, gewaar hy vir Gustav en vier van Veiligheid se manne, geklee in vakansiedrag.

Sonder enige voorval in die twaalf ure vlug, land KLM se Boeing 747 op die Schiphol Internasionale Lughawe in Nederland. Jakop laat die meisies in sy sig naby die roterende platform terwyl hy vir die tasse en sy rugsak wag. Sy lenige lyf ruk regop waar hy gebukkend staan om sy rugsak van die band af te haal. 'n Kommosie in die Internasionale-aankomssaal, trek onmiddellik sy aandag. "Kom julle twee, rustig nou, bly by my. Ek dink daarbinne is een of ander moles."

Sy oë vee oor die mense, dadelik sien hy vir Torres asook vir Gustav wat twee mans in vuil bruin oorpakke in hegtenis neem. Oral in die saal is die Nederlandse polisie soos miere bedrywig. Hy sien met verligting hoe Torres en Gustav die twee mans aan hulle oorhandig en 'n paar woorde wissel.

Dan lui sy foon: "Yes!"

"Majoor, dis Torres, ons het hulle! Julle kan nou maar kom sodat ons ons taak kan voltooi en die prinses aan haar vader oorhandig. Ek het nog 'n vlug terug Barcelona toe."

"Nóg 'n sending afgehandel. Jou manne van Spanje is goed, Jakop. Jou opleiding wat jy gee is uitstekend, ek dink jy moet vir 'n ruk Suid-Afrika toe kom. Ons mis jou, dinge kon anders uitgedraai het, wás die manne nie so goed opgelei nie." Gustav lig sy glas. "Cheers, Jakob, agtermekaar plek dié Flying Duchman Cocktail Bar."

"Ja, die paar keer wat ek betrokke was by een of ander sending hier in Nederland, kom ek maar hierna toe, die diens is flink en mens hoor baie Afrikaans hier. Hoe laat is jou vlug terug Suid-Afrika toe?"

"Eers elfuur, en joune terug Barcelona toe?"

"Hang af, ek het 'n dringende afspraak hier in Amsterdam wat ek nog moet maak. Dán, as dinge reg verloop... Nee, wag, ek sal jou later op hoogte bring. Nou-nou jinx ek alles, mens tel nie jou kuikens vóór hulle uitgebroei het nie."

"Nou maar sterkte met dié sending, ou vriend. Nog enetjie vir die pad, dan bel ek 'n Uber wat my lughawe toe kan vat."

Anja ruk soos sy skrik waar sy besig is om die verslag oor haar pasiënte op datum te bring. Die vibrasie van haar foon klink hard in die stilte van die nag. Sy loer vlugtig na haar foon, sien dat dit net na een is. Dan kyk sy wéér. Die naam Jakop Brand flikker op die skerm. "Jy bel my pasiënte wakker, wat soek jy?"

"Kwaai, Anja van Nederland. Ek soek hulp."

"Nou gaan na 'n Ongevalle toe."

"Anja, luister net asseblief. Ek is hier in Amsterdam, kan ons môre ontmoet?"

"Hoekom..."

"Jy moet help met Twanette."

"O, het jy nou van plan verander? Goed, ek werk eers weer volgende week, my skofte vir nagdiens eindig môreoggend sodra ek die verslag aan dagstaf oorgegee het. Kry my net na sewe môreoggend by die hospitaal se kafeteria."

"Dankie, Anja van Nederland. Sien jou dan, hoe gaan ek weet dis jy?"

"Toemaar, ek sal na jou toe kom."

Jakop kry vir hom filterkoffie en gaan sit by 'n tafeltjie naby die deur, sodat hy elkeen wat inkom kan bekyk. 'n Verwardheid is in hom, want nog nooit het hy so oor 'n vrou gevoel nie.

Dalk is jy te laat, Jakop. Dalk het sy alreeds iemand, want jý, Jakop, is hardkoppig, eiewys en nog vele ander dinge... Hoor jy as ek met jou praat, Jakop?! Ek is jou gewete...

Hy skud sy kop, so asof hy die gedagtes wat in sy gewete invreet en sy denke soos gefrommelde papier maak, wil wegskud van hom af. Hy neem 'n groot sluk van die geurige koffie, stik en gaan onbedaard aan die hoes.

Hy voel hoe iemand hom tussen die blaaie moker. "Stadig, jy slaan so hard, my asem is skoon weg." Hy vee die hoestrane uit sy oë, en fokus dan op 'n pragtige meisie met 'n blonde krullebol. "Anja van Nederland?"

"Die einste, Jakop Brand, die einste..."

"Ek het jou nie só voorgestel nie, ek is verras. Hoe het jy geweet dit is ek? Óf het jy net 'n potensiële pasiënt te hulp gesnel?"

"Man, jy staan soos 'n seer duim uit met jou rooibruin hare hier tussen die blonde Hollanders. Sê my, hoe het jy my voorgestel? Seker soos 'n soustannie, in tradisionele drag en met vlegsels en klompe aan my voete." Anja se blou oë blits gevaarlik.

Jakop hou sy vinger voor sy lippe, 'n teken dat Anja moet stilbly. Uit sy sak bring hy 'n spierwit sakdoek te voorskyn. Dié swaai hy voor Anja. "Vrede, Anja van Nederland, ek kom in vrede."

"Dit beter só wees, want ek is keelvol vir jou en Twanette. Nog nooit het ek twee sulke hardkoppige mense teëgekom nie."

"Anja, ek gaan jou nou my storie vertel, dan sal jy beter verstaan. Máár, eers moet jy my belowe om niks vir Twanette te sê nie."

"Wat moet ek nie sê nie? Jy moenie met truuks begin nie, Jakop Brand!"

"Ek wil nie hê sy moet weet ek is hier in Amsterdam nie. Ek wil hê jy moet my help, ek wil haar verras. Haar voete onder haar uitslaan, haar vertel dat ek haar liefhet. Moet ek nóg sê, of verstaan jy, Anja?"

"Ek sal help, kom vanaand na my kamer toe by die tehuis. Dit is op die hospitaal se gronde, dan werk ons aan 'n plan. Ek is mos 'n sucker waar dit by die liefde kom, my kamer nommer is 109 op die eerste vloer."

"Dankie, ek skuld jou. Tot vanaand dan..."

Die tehuis vir die verpleegpersoneel is omring deur pragtige bome, met bankies oral naby 'n koidam. Jakop hardloop die trappe na die eerste vloer twee-twee op. By nommer 109 klop hy saggies aan.

Anja skuif haar boeke eenkant toe, en maak die deur oop. "Ek is bly jy is hier, Jakop. Kom binne, verskoon maar al die boeke en aantekeninge, my finale eksamen lê voor die deur. Met Twanette en jou dinge, vind ek dit moeilik om te konsentreer."

Sy raap 'n paar boeke van die enigste leunstoel af en wys hy moet sit. "Het jy 'n plan, Jakop? Vertel my alles, dan sê ek jou of jou idee bruikbaar is. Iets wat jy dalk in gedagte moet hou, sy oorweeg dit om hier by Academisch Medisch Centrum te kom werk. Die pos gaan die einde van die maand oop, dan gaan sy aansoek doen. En ek wéét sy sal die pos kry. Só, meneer Jakop Brand, jy sal moet roer!"

Anja luister na die plan wat Jakop mee vorendag kom. Sy staan op, loop op en af in die kamer, dan gaan staan sy reg voor Jakop. "Jinne, Jakop, dit klink goed, maar ek weet nie of Twanette gaan byt nie. Wat gaan ek vir haar sê? Sy is alreeds agterdogtig oor ek so baie vrae oor jou gevra het."

"Wat se vrae, Anja van Nederland? Jy weet van nuuskierigheid is die tronk vol, en die kerk leeg."

"As jy my nog één maal Anja van Nederland noem, gaan ek só hard skree, sy gaan my in Leiden hoor!"

"Ek terg net, ou kwaaitjie. As dinge reg verloop, moet jy kom kuier, daar is iemand wat ek aan jou wil voorstel. Jy het al met hom gepraat."

"Wel, die enigste persoon daar in jou geweste waarmee ek gepraat het, is Henrico. Hy kry beslis 'n regmerkie in my boekie, net oor hy woord gehou het. Eerlikheid is vir my baie belangrik."

"Henrico Torres is nog een van die goeie ouens. Ek ken hom al baie lank, ek sal bly wees as julle vriende kan word."

"H'm, kry jy maar net eers jou plan in werking. Jy span nou die perde agter die wa. Goeiste, kyk dit is al amper tienuur! Kom ons gaan eet iets, ek is dood van die honger, dan praat ons verder oor hoe ons jou plan gaan implementeer."

Hoofstuk 17

LEIDEN

En as jy nou só staan en uitstaar na buite, my kind? Wat is fout?" Suzette Naudé pak die ronde bolle deeg in die panne. Haar moeder-oë het lankal die emosies raakgesien wat die grys oë troebel maak. "My kind, kom jou ma vir jou raad gee... Volg jou hart, en gee jy die eerste tree. Het jy géén kontaknommer van gener aard nie?"

"Ek het sy nommer gehad, maar dit het verlore geraak met die ongeluk. Dalk het die polisie in Amsterdam dit. Ek kan seker probeer, iemand in Frías behoort te weet. Op die kaartjie wat by die blomme was wat hy deur Interflora laat stuur het, is 'n naam van 'n blommewinkel in Amsterdam. Ek sal later probeer en kyk of ek iets kan uitrig. Wat dink mamma oor die pos by die hospitaal in Amsterdam?"

"My kind, ons sal natuurlik in die wolke wees as jy besluit om hier te kom bly. Máár, dit is iets wat jy self oor moet besluit. Kom, sit gou vir my die panne in die oond, ek skink vir ons tee."

Twanette maak die oonddeur toe, vee die sweet van haar voorkop af. "Sjoe, die kombuis is warm, kom ons gaan drink op die stoep."

"Laatlente is pragtig, al wat 'n blom is kompeteer met die een langs hom. Die kleure is pragtig, veral die tulpe. Sal mamma omgee as ek van hulle pluk en in 'n vaas sit?"

Nog vóór Suzette kan antwoord lui Twanette se foon. "Is ek nou bly om van jou te hoor, jy is besonder stil, Anja, wat vang jy nou weer aan?"

"Niks, ek was op nagdiens, én dit is amper my finale eksamen. Ek wil graag dié naweek kom kuier as dit reg is met julle. Ek is suf geleer."

"Met die grootste plesier. Gee net die tyd wat ons jou by die stasie moet kry."

Die lenteson se strale maak patroontjies deur die grofgeweefde kantgordyn op die poeierblou mure in Anja se kamer toe haar kamerdeur saggies oopgaan. "Toe, ou slaapkous, hier is tee en vars beskuit, my ma het dit net gister gebak. Maak klaar, dan gaan ons winkels toe. Ek wil verf vir my skildery kry. Ek kort 'n paar kleure."

"Solank ons net so by vyfuur 'n draai kan maak by die botaniese tuine vir 'n draairoomys. Ek lees in die Leidsch Dagblad dat die botaniese tuin tulpbolle goedkoop verkoop, en mens kan tulpe pluk in die tuin, óók teen 'n fooi. Hulle gebruik die geld om verbeterings aan te bring."

"Goed, dit behoort lekker te wees. My ma sal bly wees vir 'n paar nuwe variëteite. Dan moet jy roer,

Anja, dit is 'n entjie na die tuine toe, en ek móét eers
my verf kry."

"Het jy nou ál die verf wat jy benodig? Ek dink ons
moet eers by die huis stop, voor ons tuine toe gaan.
Trek iets mooi aan, ek wil graag 'n paar foto's neem,
hulle dan laat blok. My mure in my kamer by die tehuis
is só vaal."

"Anja, jy jok mos nou, jou kamer is als behalwe
vaal. Wat broei daar in jou kop?"

"Niks, mag ek nou nie eers foto's van ons neem
nie? En vir wat dit werd is, ek is 'n baie goeie
fotograaf... If I may say so myself!"

"Wil jy nou eers 'n draairoomys kry, of gaan ons eers
foto's neem? Die laatmiddagson is is pragtig op die
tulpe en op die windmeulens."

Eers foto's, loop jy solank. Daardie bedding met
die geeltulpe is pragtig, ek stel net gou my kamera in."

Twanette stap tussen die derduisende geeltulpe
in. Die blomkoppies dig teenmekaar. Sy staar ver oor
die abnormale groot bedding, kyk na waar die son
rooierig begin sak. Dan staan sy verwonderd en luister
na die pragtige melodie wat op die bries aangesweef
kom.

Asof gevries, staan en luister sy na die woorde
van: *ITS NOW OR NEVER*, soos net Elvis Presley die
liedjie kan sing:

When I first saw you
with your smile so tender
My heart was captured
my soul surrendered

Stadigaan verdwyn die laaste woorde in die bries. Twanette vee oor haar oë en wange. "Sal die verlange na Jakop ooit vervaag?" Haar stem is net 'n fluistering.

Vinnig kyk Anja rond, gewaar vir Jakop waar hy in die skadu van van 'n beukeboom staan. Ook hý het die liedjie gehoor. "Wonder of dit Anja se doen en late is, en óf dit net 'n liedjie is wat iemand van hou." Hy gewaar vir Anja met haar duim in die lug. Die teken...

So vinnig as wat sy kunsbeen hom toelaat, loop Jakop na Twanette waar sy tussen die massas geeltulpe staan. Sy hart jaag die bloed deur sy are, laat hom kortasem. Drie treë van haar af, gaan hy staan. "Twanette..."

Sy hoor die sagte fluistering van haar naam. Sy wil omdraai, maar is te bang. Té Bang dat die stem wat só bekend is, dalk net haar verbeelding is.

Draai om, Twanette, dit is nié jou verbeelding nie. Ook nie die windjie wat gefluister het nie. Dit is ook nié 'n droom nie.

Twanette draai stadig om. Sien, maar sien ook nie, die oomblik is net té groot. "Jakop..."

Sy vryf oor haar oë, skud haar kop, kyk wéér. Tóg is die beeld steeds daar. "Dit ís jy, óf droom ek?"

"Nee, Twanette, dit is ek. In lewende lywe, saam met jou tussen die goudgeel tulpe."

"Maar hoe?"

Jakop stap tot by haar, neem haar hande in syne. "Kom ons 'rewind' na daardie oggend in die gang. Jy was op pad om te gaan koffie maak. Ons het in die skemer van die oggend gebots, daar was 'n magiese oomblik tussen ons. Tóé die deur wat kraak, en Liam is daar. Onthou jy?"

"Ek onthou, Jakop, hoe kan ek dít ooit vergeet?"

"Nou kom ons speel daardie toneel wéér, nou net tussen die tulpe."

"Jakop..."

"Twanette..."

Waar Anja in die skadu van 'n beukeboom staan, voel dit of haar hart gaan bars van vreugde. "Uiteindelik! Jipppeee!"

Sy gil so hard, dat Jakop en Twanette verskrik uit hul omhelsing ruk. "Anja, van Nederland, daar is wraggies niks met jou longe verkeerd nie. Nou toe, juffrou Fotograaf, nou kan jy foto's neem soveel as wat jy wil."

"O, nee, Juffroutjie! Kom hier, want nou verstaan ek jou dringendheid om tuine toe te kom. Het julle twee gekonkel?"

"Ja, Twanette, ons het. Want as alles van jou af gehang het, was jy nog steeds in 'n waas van verlange, en Jakop sy hardkoppige self."

"Stick ek ons elkeen met 'n draairoomys, óf gaan ons na jou huis toe, Twanette? Ek dink dit is tyd dat ek jou ouers ontmoet, wat sê julle twee?"

"Eers die roomyse, dán kan ons huis toe gaan. Anja, die sonsondergang is asemrowend, sal jy van my en Jakop 'n foto neem, so met die sinkende son agter ons?"

"Nou toe, julle moet vinnig 'pose' die son is haastig om weg te kom, hy kan seker nie meer julle twee duifies wat so in mekaar se ore koer, in die oog kyk nie."

"Nog koffie, ou man? Ek wonder waar draai Twanette-hulle, ek hoop nie hulle het 'n pap wiel of iets nie. Ek gaan maak gou 'n vars brousel, hulle behoort darem seker nou-nou hier te wees." Suzette Naudé sit haar hekelwerk in 'n gevlegte biesiemandjie. 'n Mandjie wat al die pad van Suid-Afrika saamgereis het. Ou herinneringe in sy boepensie, so saam met bolle hekelgare wat nog uit Suid-Afrika kom.

"Daar kom nou ligte, ou vrou, bring nog twee bekers." Leon Naudé sien dadelik die onbekende persoon wat sy motor bestuur. Iets kriewel in sy nek, nog nooit het 'n totale vreemdeling die eer gehad om sy motor te bestuur nie. "Maak dit drie bekers, daar is 'n vreemdeling by hulle."

In die kombuis kan Suzette hoor daar is 'n ekstra klank in haar man se stem. 'n Klank van pure irritasie. Terwyl sy die varsgebroude koffie in die perkoleerder, en drie bekers op 'n skinkbord sit, hoor sy Twanette se borrellaggie, ook die diep melodieuse stem van 'n man. En sy weet... Dit móét die man uit Spanje wees, want nog nóóit vandat Twanette terug is, het sy daardie borrellaggie uit haar dogter se mond gehoor nie.

Voor sy uitstap met die skinkbord, loer sy eers vinnig deur die kantgordyne. Wat sy sien, stel haar gerus. Sy sien die rooibruin hare wat vonke skiet onder die stoeplig. Die lang, forsgeboude man met breë skouers. Maar wat Suzette die meeste interesseer is die sterk gesig met 'n kakebeen wat gesag uitspel. "Sjoe! Geen wonder Twanette het oor die man getreur nie." Met 'n breë glimlag, stap sy uit op die stoep.

"Nou toe nou, ons wonder nou net wat van julle geword het?"

Jakop neem die skinkbord uit haar hande. "Gee vir my, mevrou Naudé."

"Baie dankie, dit is nou baie galant van jou. As ek nou moet raai en reg kan onthou, is jy die man van Spanje. Jakop Brand. Twanette het al oor jou gepraat, maar nog net een keer jou naam genoem."

"Dit is reg, Mevrou, aangename kennis. Naand, meneer Naudé, goed om u in persoon te ontmoet. Ons het nog net oor die foon gesels."

"Naand, meneer Brand. So, jy is nou die man wat Twanette uit die tronk bevry het? Daarvoor sal ek jou ewig dankbaar bly, jongman. Hóé julle dit gedoen het, los ons maar in die verlede."

Jakop kug, kyk na Twanette, sien die vonkel in haar grys oë. "Ja wat, ons los daardie deel maar waar dit hoort, in die verlede. Ek is net dankbaar dat ek en my manne dit wél reggekry het om haar daar weg te kry. En noem my gerus op my naam."

Anja is nou tot die dood toe nuuskierig, maar te oordeel aan die uitdrukking op Jakop se gesig, beter sy nie nou aan ou koeie karring wat doodstil in 'n sloot lê nie.

Suzette voel die konneksie aan tussen haar dogter en dié Jakob waaroor sy altoos geskerm het as hulle uitgevra het. Gekeer het vir 'n vale, hulle aangesê om dinge van die verlede, in die verlede te los... En nou, sit Jakop Brand lewensgroot op hulle stoep. "Nou wanneer het jy in Leiden aangekom, Jakop?"

"Vanoggend met die eerste trein uit Amsterdam. Ek is al so 'n paar dae in Amsterdam, het aan 'n saak gewerk. Alhoewel ek alreeds 'n plan gehad het om Twanette te kom opsoek, het die saak my vinniger hiernatoe gebring. Met behulp van Anja, is alle misverstande nou uit die weg geruim."

"Ek mis vir Mieke, waar is sy, tannie Suzette?" Anja staan op, neem nog 'n varsgebakte beskuit, dompel dit in haar koffie.

"Op 'n uitstappie saam met haar skool. Sy sal môre weer terug wees."

"Ek hoop ek kan haar nog sien voor ek môre weer teruggaan. As ek net aan die eksamen dink, hardloop ek sommer weg. Tannie se beskuit is verskriklik lekker."

"Dankie, Anja, onthou dan gee ek vir jou 'n sakkie vol om saam te neem."

"Slaap hier vanaand, Jakop, Twanette kan vir jou bed maak op die bank in die sonvertrek. Dit is al laat, en dié tyd van die aand loop daar geen trein meer na Amsterdam nie."

Dankie, mevrou Naudé, ek waardeer dit, máár net as dit reg is met u, meneer Naudé?"

"Ja, ja, jongman, dit is reg met my. Slaap gerus oor. Nou ja, ons gaan maar inkruip, julle wil seker nog gesels."

Anja spring ook op en loop deur toe. "Ek speel nie derde wiel aan die wa nie, só weg is ek ook."

"Ek is bly jy is hier, Jakop."

"Ek is blyer. Ek het al planne gemaak om te kom, dit was net die bottel van die olyfbrandewyn wat my gekortwiek het. Toe ek van die vliegtuigongeluk oor, was ek rasend van bekommernis. Gelukkig het Anja maar altyd vir my nuus gegee."

"Dankie vir die tulpe wat jy gestuur het, jou kaartjie is in my dagboek."

"Twanette, toe ek jou in daardie vuil oorpak met die verlepte kool en slaaiblare op jou gesig en in jou hare gesien het, het ek geweet. In die bussie, op pad Sleeping Hills toe, het ek jou dadelik herken. Geweet jy is eintlik dokter Twanette Naudé. Máár nee, Jakop Brand is seker een van die mees onnosele mense wat ek ken. Ek moes jou vertel het voor jy op daardie vlug Nederland toe geklim het."

"Wat vertel het, Jakop?"

"Dat ek jou liefhet met my hele hart, siel en verstand. Dit was vir my die swaarste toe ek jou sien wegstap. Die bekommernis het my opgevreet. Ek was só bang iets loop skeef vóór jy op daardie vlug is.

"Liam het dit ook nie vir my maklik gemaak nie. Nadat hy en Gustav-hulle weg is, het ek geweet dat hy nie te vertroue is nie. Om jou te beskerm teen hom, het ek een van my manne Nederland toe gestuur. Hy moes jou dophou, jou beskerm. Ek het eers later uitgevind dat Liam Reyneke en jou eksman, mekaar goed ken."

"Dan is dit deur jou toedoen dat daardie twee gedeporteer is. Ek skuld jou."

Jakop trek Twanette aan haar hand op, druk haar styf teen hom vas. "Ek het jou lief, Twanette Greyling, liewer as my eie lewe." Liggies soen hy haar in haar nek, die subtiele aroma van blomme in sy neus. Hy voel hoe die bloed deur sy are pols, want die hart van hom is in die pylvak.

Dan bars die heelal bokant hulle oop in miljoene gekleurde sterre. Die aarde draai rondomtalie toe Jakop, Twanette se heuningsoet lippe vind. Maande van verlang is in een oomblik verby, vergete vir altyd...

Met sy lippe effe weg van hare af, fluister hy teen haar mond: "En jy, Twanette, is daar ook liefde in jou hart vir my? Jy ken die omstandighede hoe ek my been in die mortierontploffing in Irak verloor het. Sal jy jou daarmee kan vereenselwig? Ek kan nie meer alles doen wat ek voorheen gedoen het nie. Party dae is dit nog swaar. Die prostese is maar ongemaklik met tye."

Liggies stoot sy Jakop weg van haar af, kyk diep in sy oë. "Ek het jou ook lief, Jakop, jou been hinder my nie in die minste nie. Jy was, en is 'n hero. Mý soldaat, my recce, my majoor, my álles, Jakop. Die verlange na jou hierdie afgelope maande was verskriklik. Ek wou menigmaal op 'n vliegtuig klim en Barcelona toe vlieg... Maar ek was só bang hulle vang my weer." Sy druk haar gesig in sy nek, kry die reuk van pure man en Blue Stratos naskeermiddel.

"Jy hoef nie meer bang te wees nie, dit is alles te danke aan Henrico Torres. Hy het die skuldige aan die pen laat ry, dié is nou opgesluit. Só jou naam is skoon, my lief. Ek wil graag hê dat jy saam met my terugvlieg Spanje toe, máár ek sal eers by jou pa moet verbykom."

Hoofstuk 18

Die Spaanse oggend is windstil. Laatlente se vroegoggendson blink op die wit romp van die groot Boeing 747. Alreeds in die paadjie op pad na hulle sitplekke voel Twanette hoe 'n hol kol op die krop van haar maag van hom laat hoor. Sy vra dat Jakop eerste inskuif sodat hy by die venster kan sit, want om net na die venster te kyk, laat koue rillings lang haar rug afloop.

"Nou toe, is jy opgewonde?"

"Ek weet nie, Jakop, die hele vliegongeluk speel nou in my kop af. Sê nou maar iets gaan wéér verkeerd?" Twanette voel hoe 'n hoofpyn teen haar slape begin klop, toe die groot Iberia Boeing 747 begin spoed optel vir opstyg. Die geruk van die wiele op die teerblad net voor die reuse vliegtuig sy neus lug, wek 'n gevoel van histerie by Twanette. Sy voel hoe haar hart vinniger begin klop, die gevoel van 'n tekort aan suurstof laat haar aan die veiligheidsgordel rem. Sy gryp Jakop se hand vas, vrees veroorsaak dat sy begin hiperventileer.

Jakop besef wat aan die gebeur is en wink 'n waardin nader. Vinnig verduidelik hy aan haar die situasie. Sy beduie dat hulle Twanette na die ry leë sitplekke voor die kombuis gedeelte moet help.

Ná 'n bietjie suurstof en 'n kalmeerpilletjie, begin Twanette beter voel.

"Jammer julle, maar die vliegongeluk het weer in my kop afgespeel."

"Niks om oor jammer te sê nie, Juffrou, sit julle nou hier in dié sitplekke, sodat ons jou kan dophou." Die KLM waardin maak Twanette gemaklik. "Meneer, roep dadelik as sy weer angstig word."

"Ai, Jakop, ek voel nou so skaam."

"Niks om oor skaam te voel nie, my lief, dít waardeur jy was, was 'n verskriklike ervaring. Maak toe jou oë, probeer slaap, ons is nou nou in Barcelona."

Die middag is loom en stil toe die wit Lexus van die Uberdienste hulle voor Sleeping Hills se huis aflaai. Flink help die bestuurder om al hulle bagasie op die stoep neer te sit. Jakop stop die man 'n ekstra fooitjie in die hand. Met 'n yslike glimlag op sy gesig klim hy in die motor en ry wuiwend weg.

Lolita slaan haar hand voor haar mond toe sy die voordeur oopmaak. "Meneer Jakop! Jou reis na die onbekende bestemming, was toe al die tyd Nederland. Ek is so bly! Welkom terug, Juffrou, Meneer... Lolita het mos 'n gedagte gehad, en sommer lekker kos gemaak. Ons kan nou-nou eet, want Lolita weet die vliegmasjiene se kos is maar sleggerig."

"Genade, maar dit is lekker om terug te wees."
Twanette loop al die vertrekke deur, verlustig haar
weereens aan die eg Spaanse styl van die meubels en
dekor.

"Jakop, jou huis is 'n lus vir die oog. Ek lief elke
ding hier, tot vir jou..."

"Dankie, Twanette, ek is bly jy is vir my net so lief
soos wat jy vir daardie kas in die hoek is."

"Ag, man, jy weet mos wat ek bedoel."

Hand om die lyf stap hulle eetkamer toe waar
Lolita die laaste geregte op die tafel sit. "Lolita,
dankie. Ek is nou verskriklik honger, en ek onthou hoe
lekker jou kos is."

"My plesier, Juffrou... Meneer."

Na 'n heerlike ete, bedien Lolita koffie op die
stoep.

"Dit is nog vroeg, en die son sak eers oor 'n uur of
wat, kom ons stap vlei toe. Ek dink nie jy het toe jy
laas keer hier was, die lelies en die waterval gesien
nie."

"Nou toe kom, dit sal goed wees, ek het my
omtrent ooreet aan Lolita se kos."

Die vlei asook die waterval is gebaai in sagte lig van
die oranje son se kwynende strale. 'n Sagte bries uit
die rigting van die Sierra de Guadarrama bergreeks
laat die lelies saggies heen weer wieg. "Jakop, dit is
pragtig hier, die lelies in hul pienk en salmkleur is iets
wat mens net in tuinboeke van lees."

"Terwyl ons nou hier is, en dit nog lig genoeg is,
wil ek jou gaan wys waar al my hartseer wás. Ek sê
wás, want dit lê nou in die verlede. Nie so lank terug

nie was ek hier, en ek het gevra dat sy my geknelde siel vol verlange, eendag sal loslaat tussen die sterre. Dalk glo jy nie aan sulke dinge nie, Twanette, maar Marcelle het woord gehou. Sy is nou net 'n goue gedagte in my hart. Jý, my lief, is nou die lig in my hart."

Dit is al sterk skemer toe hulle by die ou wildevy en die klipkruis kom. Twanette kan net net die woorde *MARCELLE BRAND* uitmaak. "Ai, Jakop, ek is so jammer, jy moet my vertel van Marcelle, ek sal graag julle storie wil hoor."

"Ek sal nog, my lief, kom ons loop terug voor dit heeltemal donker is."

"Jakop kyk..."

Altwee staan in verwondering na 'n swerm vuurvliegies wat rondom, heen en weer, en kruis en dwars oor die kruis draai en swaai. 'n Paar vuurvliegies verlaat die swerm, kom vlieg om hulle koppe.

"'n Teken van Marcelle af?" Twanette vryf oor haar arms, voel hoe hoendervel op haar arms uitslaan. Sy neem Jakop se linkerhand styf in hare.

"Ek dink so. Marcelle was baie lief vir vuurvliegies, altyd ure na hulle gekyk."

Dit is sterk donker toe hulle die plaashuis bereik. "Aa! Kyk wie is hier. Kon seker nie meer sy nuuskierigheid beteuel nie."

"Toe, toe, julle twee, mens laat nie gaste wag terwyl julle gallivant in die veld nie. Ai, is goed om jou onder meer rustige omstandighede te sien, Twanette. Laas was dit 'n gespook en 'n gespartel om jou te bevry én jou op daardie vlug te kry."

"Ek is verskriklik bly jy is hier, Henrico. Jakop het my vertel dat jy die man wat die dwelms in my goed geplant het, vasgetrap het én my naam in ere herstel het. Ek is jou innig dankbaar."

"Niks te danke nie, Twanette, ek het maar net my plig gedoen. Sê nou vir my, gaan ek strooijonker wees? Én vir wanneer moet ek 'n tuxedo gaan loop huur?"

"Ou vriend, as dit van my afgehang het, het ek sommer môre al die knoop deurgehaak. Máár jy weet mos hoe is die skoner geslag... Noudat ons so van trou praat, ons sal vir jou 'n metgesel moet kry, iemand wat ook die strooimeisie kan wees... Wat van Anja?"

Henrico staan op, loop na waar sy leerbaadjie hang en haal 'n pakkie sigarette uit. "Praat jy van daardie Anja van Nederland?"

Twanette knipoog vir Henrico. "Die einste, sy is mooi, Henrico, sommer baie mooi. Julle sal 'n pragtige paartjie wees."

"Van 'n paartjie weet ek nou nie, my ondervinding van vroumense is nie baie goed nie, ook nie my 'track rekord' met hulle nie. Laat sy maar net die strooimeisie wees."

"Ja, Torres, jou 'track rekord' met die dames is dalk nie baie goed nie, maar glo my, Anja van der Velde gaan jou voete onder jou uitslaan. Wag en kyk, dan sing ons op die troue vir jou: *Another one bites the dust...*"

"Wag dat ek weg wees, ek werk môreoggend, en jý, Jakop, begin nou nonsens praat." Met die woorde, swaai hy sy leerbaadjie oor sy skouer en stap by die voordeur uit.

"Ek dink Henrico Torres en Anja sal pragtig by mekaar pas. Hý met sy pikswart hare en donker oë, en sy met haar blonde krulhare en potblou kykers. Jakop, ons sal 'n datum moet bedink, onthou die klomp van Suid-Afrika én Nederland moet nog vlugte bespreek. Ons praat so van trou en alles, het jy nie iets vergeet wat dié belangrikste ding in die wêreld is nie?"

"O, nee, ek het nie, ek wou jou al by die vlei én by die waterval vra... En tóé die onverwagse kuier van Torres."

Twanette slaan haar hand oor haar mond toe Jakop op sy regterknie afsak en 'n pienk gespikkelde vleilelie na haar uithou. "Jakop, wat is dié nou? Jy gaan jou linkerbeen seermaak."

"Kyk in die kelk."

Twanette kyk, en kyk weer, en nog 'n keer. Dan steek sy haar vingers diep in die lelie se kelk, haal 'n skitterende diamantring tussen die stuifmeelstingeltjies uit. "Jakop, dis wonderskoon. Dié mooiste wat ek nog ooit gesien het."

Hy neem die ring by haar, neem haar linkerhand in syne. "Twanette Greyling, sal jy my die gelukkigste man in die wêreld maak?"

Trane maak haar grys oë blinker as blink. Sy help Jakop eers op sy voete, neem dan sy gesig in haar hande. "Ja, Jakop, 'n miljoen keer ja, en nóg tien ja's by!"

"Ek het jou oneindig lief, my witkop."

"En ek vir jou, Jakop."

"Nou toe, as julle klaar is, hier is sjampanje en drie glase." Lolita se glimlag is wyd en mooi. Haar oë vol liefde vir dié twee spesiale mense in haar lewe."

"Ai, Lolita, ek dog jy slaap al lankal."

"Nee, meneer Jakop, Lolita weet mos dinge van belang vêr vooruit. Toe wag ek maar vir die spesiale oomblik. Ek is só bly meneer het weer iemand waarmee jy jou lewe gaan deel, en Lolita wéét, juffrou Twanette, is net nommerpas.

"Wees nou versigtig, Twanette, jy weet die vlei en die rivier is onvoorspelbaar." Hy kyk na die mooi blondekopvrou met die helder grys oë, wat nou enkeldiep in die vleiland loop. Die mandjie wat sy oor haar arm dra, is vol pienk en vleeskleurige lelies met spikkels.

"Kom, Twanette, daar is nou genoeg lelies in jou mandjie. Hoor hoe dreun die weer, dit gaan nou-nou weer uitsak, en te oordeel aan die hoeveelheid water in die vlei, is die Manzanaresrivier in vloed. Dit bly gevaarlik hier as dit oormatig reën, kom ons loop eerder."

"Met jou aan my sy vrees ek niks, Jakop-lief. Hoe gaan ons die ding bewimpel sodat Henrico vir Anja kry wanneer haar vlug land. Henrico is sku, het daar iets in sy lewe gebeur, Jakop?"

"Nie waarvan ek weet nie, die regte meisie het net nog nooit in sy lewe ingestap nie. Ek het net so 'n gevoel dat Anja sy voete onder hom gaan uitslaan."

Skaars is hulle by die huis se agterdeur in, of die reën sak met mening uit. "Sien jy nou, ons is net betyds."

"Jinne, juffrou Twanette, jy het omtrent die hele vlei se lelies gepluk. Wag, Lolita bring vase, ons kan sommer een in die juffrou van Nederland se kamer sit. Dié goed ruik altevol lekker."

Elk met 'n lekker beker koffie in die hand, sit die twee styf teenmekaar op die stoep se swaaibank. Twanette vryf oor haar arms. "Ek dink dit is die laaste van die somerreën. Het jy nou al 'n plan, Jakop?"

"Hoe laat land haar vlug vanaand?" Jakop sluk die laaste koffie weg, vee sy mond met die agterkant van sy hand af. "Ek hét 'n plan, maar nie oor Torres en Anja nie. 'n Plan vir ons, Twanette..." Dan soen hy Twanette in haar nek, sy lippe gly af teen haar nek. Met sy tong kielie hy haar in haar kuiltjie. "Ek het jou lief, my meisie, ek wonder of jy ooit besef hoeveel"

Twanette voel die woelings in haar binneste. Die vrou in haar roep om vervulling. Vervulling saam met die man wat sy onbeskryflik liefhet. Sy kyk op in Jakop se oë toe hy haar hand neem, 'n soen op die ring druk wat blink aan haar linkerhand se vinger.

"Kom, Twanette..."

"Waarheen, Jakop?"

Hy snoer die vraag met 'n soen, tel haar op in sy arms. Dan dra hy haar na sy slaapkamer aan die einde van die gang. Saggies lê hy haar op die bed neer. Met sy lippe wat steeds oor hare vee, maak hy die klein pêrelknopies van haar middernagblou sybloese los. Saggies trek hy haar wit kortbroek uit.

Twanette snak na haar asem wanneer Jakop sy denim se belt losmaak.

Sy lê doodstil in afwagting. Kyk net na die man wat nou sy hemp loskoop en agter oor sy skouers laat val. Sy kyk na sy lenige, gespierde lyf, sy manlikheid wat stoei om uit sy onderbroek te ontsnap.

"Lig op, my lief." Met die sagte gefluister in haar oor, lig sy haar boude sodat Jakop die fyn wit kantdeurtrekkertjie kan uittrek. Sagkens druk hy haar bene weg van mekaar...

'n Sug van genot ontsnap oor haar lippe wanneer Jakop haar neem. Sy luister na sy asemhaling wat saam met haar eie versnel. Spoed opbou. Sáám ry hulle die een golf van ekstase na 'n ander. Totdat altwee natgesweet in mekaar se arms lê.

Hoofstuk 19

Henrico Torres kyk na sy foon se skerm. Hy trek sy voertuig van die pad af. "Yes!"

"Torres, ek en Twanette brand vas, ons gaan dit nooit maak lughawe toe nie. Ons sukkel met 'n paar grootuier-verse wat vasgekeer is in die vlei. Anja se vlug land sesuur, sal jy haar kry en plaas toe bring."

"Moet ek nie eerder plaas toe kom en help met die verse nie, dan kan julle haar kry. Ek weet nie of ek vir die Hollandse meisie kans sien nie."

"Torres, kom by, man. Wat kan sy nou aan jou doen? Ry en gaan kry haar, sy is omtrent vyf voet sewe duim, kort, blonde krulhare en blou oë."

Henrico kyk verdwaas na sy foon wat nou morsdood is. "Jakop Brand, ek gaan jou terugkry vir dié een." Hy sug, maak 'n U-draai, en vat die pad Barcelona toe.

Hy sug 'n sug van verligting toe hy na 'n gesoek 'n parkeerplek kry by El Prat Internasionale Lughawe. Op 'n drafstappie nader hy die internasionale lokaal, net betyds om die aankondiging te hoor dat vlug 125 vanaf Nederland, vyf minute terug geland het. Hy stap na waar die passasiers uitgestap kom.

Die een na die ander kom passasiers met waentjies vol bagasie aan, maar geen iemand wat soos Jakop se beskrywing lyk nie. Hy draai om, leun teen een van die groot pilare naby hom. "Vyf minute, net vyf minute, dan waai ek." Hy kry skielik 'n kleurtjie op sy wange wanneer hy besef dat hy kliphard met homself praat.

"Vier minute, Henrico Torres, net vier minute..."

Torres swaai verskrik om, agter die pilaar staan die mooiste meisie wat hy in sy twee en dertig jaar gesien het. "Uhm! Uh! O, dêmmit! Anja?"

"Ja, dit is ek, Anja van der Velde van Nederland, dis nou te sê as jy vir mý gewag het."

"Staan net bietjie stil, sodat ek kan sien of dit jy is. Jakop het jou beskryf, maar sý beskrywing is heeltemal verkeerd."

"Wat bedoel jy met verkeerd?"

"Hy het gesê mooi, maar nie só mooi nie."

"Flattery will get you everywhere, meneer Torres. Mind you, jy lyk self nie te sleg nie..."

"Jy is seker dors ná die vlug? Kom ons gaan eet en drink iets. Daardie twee op die plaas kan maar bietjie wag."

"Dit sal lekker wees. Henrico."

"Sê weer..."

"Wat?"

"My naam, dit klink so mooi in jou taal, jou aksent is pragtig, Anja van Nederland."

"Jakop en Twanette gaan bekommerd raak." Anja kan haar oë nie van die swartkopman afhou nie. "Is alle Spanjaarde so aantreklik soos jy, Henrico?"

"Nee, net ek is!" Henrico neem Anja se hand, druk ewe galant 'n soen op haar handpalm.

"Anja van Nederland, glo jy aan daardie cliché waar hulle sê, liefde met die eerste oogopslag?"

"Dit is nie 'n cliché nie, Henrico, is ons twee nie die bewys daarvan nie?"

Drie ure later hou Henrico voor Sleeping Hills se plaashuis stil. Die voordeur gaan omtrent dadelik oop. Donderweer op Jakop se gesig. "Waar de duiwel bly julle so lank? Ons is tot die dood toe bekommerd."

"Moenie nou kerm nie, Jakop, jy en Twanette het mos hierdie hele ding 'ge-stage'. En raai wat? Julle plan het gewerk."

Verras kyk Twanette en Jakop na Anja en Henrico wat hand om die lyf aangestap kom.

"Julle twee was reg, Anja van der Velde ís pragtig. Ons twee gaan die perfekte strooijonker en strooimeisie wees. Óns gaan julle twee 'outshine', hoe is daai vir 'n 'bummer'?"

Henrico soen Anja op haar voorkop. "Te quiro…" (Ek het jou lief) "Dankie julle twee, sommer vir alles. Miskien moet ons dit 'n dubbele troue maak." Henrico druk Anja styf teen hom vas.

"Kom in julle, hier is van gister af 'n koelerigheid in die lug. Daar is sjampanje op ys, ons het maar duim vasgehou." Twanette kyk na Anja, sien die skittering in die blou oë.

"Nou toe, cheers! Julle twee pas wraggies perfek bymekaar. Ons is bly vir julle, Torres, en daar kom jy jou moses teë."

"Jy is reg, Jakop Brand, soos áltyd is jy wéér reg."